Geronimo Stilton

EN EL REINO DE LA FANTASÍA

¡Con la colaboración especial del sapo Plumilla Verdoso!

DESTINO

¿Existe realmente
el Reino
de la Fantasía?

¿Y se puede
viajar a él?
Quizá sí.

Quizá...

La Compañía de la Fantasía

Geronimo Stilton: Dirige El Eco del Roedor, el diario más famoso de la Isla de los Ratones. A menudo viaja en busca de nuevas ideas para nuevos libros... ¡Esta vez efectúa un viaje al fantástico Reino de la Fantasía!

Plumilla Verdoso: Es el guía oficial de Geronimo en el Reino de la Fantasía. Sapo parlanchín con ínfulas literarias, ¡sueña con escribir un libro de éxito!

Flor de Alga: Tortuga sabia y generosa, es la guía en el Reino de las Sirenas. No puede proseguir el viaje porque está herida, pero está siempre presente en el corazón de sus compañeros.

Princesa Fosforita: Sobrina del Rey Tizón III, es la guía en el Reino de los Dragones. Melindrosa e indisciplinada, ¡encuentra cualquier excusa para no ir a la escuela!

Tric: Fastidioso e inquieto, es el guía en el Reino de los Duendes..., pero ¡sólo porque se lo ha ordenado su Rey!

Boletus: Es el sabio Rey de los Gnomos y también el guía de Geronimo en este Reino. Experto en hierbas medicinales, adora leer. Está siempre de buen humor y sabe ver el lado bueno de las cosas.

Fritanguita: Reina de los Gnomos y guía en este Reino junto a su marido. Excelente cocinera y experta en jardinería. A propósito, ¡ella es la que manda en casa!

Gigante: Nadie conoce su verdadero nombre. En la Compañía tiene muchos amigos que lo quieren. Es el guía en el Reino de los Gigantes (en la imagen, un detalle de la uña del Gigante).

Lucila: Es una luciérnaga pequeña pero valiente, la guía de Geronimo en el Reino de las Hadas. Ella será quien ayude a la Compañía a salvar a la Reina de las Hadas.

TODO EMPEZÓ ASÍ, JUSTO ASÍ...

Queridos amigos roedores, mi nombre es Stilton, ¡*Geronimo Stilton*!

Dirijo *El Eco del Roedor*, ¡el periódico más famoso de la Isla de los Ratones!

Tengo que contaros una historia fantástica. Todo empezó así, justo así...

EL ECO
DEL ROEDOR

... UFFF, PERO ¿POR QUÉ JUSTO HOY?

Era la mañana del 21 de junio...*

... pero en cuanto entré en la oficina me di cuenta de que sería una jornada TREMENDA.

—*¡Geronimo, se ha roto el aire acondicionado!*

—*¡Geronimo, se ha inundado el sótano!*

—*¡Geronimo, se ha acabado el café!*

—*¡Geronimo, se han colgado los ordenadores!*

—*¡Geronimo, un periodista quiere entrevistarte!*

—*¡Geronimo, la nueva portada es horrible!*

—*Geronimo, ¿cuándo acabarás el próximo libro?*

—*¡Geronimo, debes firmar trescientos tres contratos!*

—*¡Geronimo, quiero un aumento de sueldo!*

—*Geronimo, ¿sabes que tienes un grano en la punta de la nariz?*

* El 21 de junio empieza el verano. Según las leyendas, la noche del 21 de junio es una noche mágica en la que puede suceder cualquier cosa...

¡La redacción de El Eco del Roedor!

17
18
19
20
21
22
23
24
25
26

Esto es lo que sucede en El Eco del Roedor... ¡precisamente hoy!

1. **Metelmorro Chist** propone un nuevo caso... ¡precisamente hoy!
2. **Tibetino** empieza las lecciones de yoga... ¡precisamente hoy!
3. **Certosina** riega la planta de la entrada... ¡precisamente hoy!
4. **El arquitecto Ratuso** decora la redacción... ¡precisamente hoy!
5. **La señora de la limpieza** friega el suelo... ¡precisamente hoy!
6. **Tea** prueba los nuevos neumáticos de la moto... ¡precisamente hoy!
7. **Blasco** se echa una siesta en la oficina... ¡precisamente hoy!
8. **Pina** ha horneado un pastel de queso... ¡precisamente hoy!
9. **Conchita Marinada** trae pescado fresco... ¡precisamente hoy!
10. **Provoleta** trae una carta de amor... ¡precisamente hoy!
11. El **camarero** se ha equivocado con el pedido... ¡precisamente hoy!
12. **Arsenia** propone un curso de supervivencia... ¡precisamente hoy!
13. El **profesor Voltio** conecta los nuevos cables de los ordenadores... ¡precisamente hoy!
14. La **nietecita** del cuñado de la prima del sobrino del portero ha venido a visitar la redacción... ¡precisamente hoy!
15. El repartidor del **agua mineral**... ¡precisamente hoy!
16. **Tío Milordo** viene a agenciarse un libro... ¡precisamente hoy!
17. **Alguien** tira un balonazo... ¡precisamente hoy!
18. **Geronimo Stilton** tiene un grano en la nariz... ¡precisamente hoy!
19. Un busto para el **abuelo Torcuato**... ¡precisamente hoy!
20. El **ilustrador** y la redactora discuten... ¡precisamente hoy!
21. **Benjamín** ha venido a hacer los deberes a la oficina... ¡precisamente hoy!
22. Los **técnicos** reparan el aire acondicionado... ¡precisamente hoy!
23. **Trescientos tres contratos** que firmar... ¡precisamente hoy!
24. **Hiena** practica *body building*... ¡precisamente hoy!
25. **Pinky Pick** y su tío tenor cantan... ¡precisamente hoy!
26. **Pequeño Tao** tiene una clase de karate... ¡precisamente hoy!

Corrí a mirar si de *verdad* tenía un grano en la nariz (desafortunadamente, sí).

—¡Uff! *¡Por mil quesos de bola!* ¿Por qué tiene que pasar todo *hoy*?

De algún modo aquella **TREMENDA** jornada pasó (no me preguntéis cómo).

Por la tarde decidí volver a casa pero descubrí que... *¡había huelga de metro!* Chillé:

—*¿Precisamente hoy?*

Me puse en camino, pero *¡empezó a llover*!

Suspiré:

—¡Precisamente hoy que me hc olvidado el paraguas!

Un **TREMENDO** rayo cayó muuuy muuuy muuuy cerca de mí. Un **TREMENDO** estruendo hizo que me temblaran los bigotes. ¡Me encontré **TREMENDAMENTE** empapado!

SIN LUZ EN EL DESVÁN

Entré en casa, pero ¡la luz no funcionaba!

—*¡Por mil quesos de bola! ¡Precisamente hoy! ¡Tendré que subir al desván, donde tengo las velas!*

En el desván pisé un rastrillo de mi abuela, *que me golpeó en los morros...*

Entonces me agarré a la librería del abuelo Torcuato, *que me cayó en la cabeza golpeándome sin piedad...* Apoyé la pata en un patín de mi primo Trampita *y di un triple salto mortal... me fui directo contra un retrato de mi antepasado holandés Still Van Der Stilton... ¡y me encontré sentado en el suelo con un sombrerito de paja de mi tía Lupa en la cabeza!*

Murmuré débilmente 'aaayyyy'... y me desmayé.

No sé durante cuánto tiempo permanecí desmayado, pero cuando recobré el sentido ya era de noche.

Recordaba vagamente *el rastrillo... la estantería... el sombrerito de paja...*

Me palpé el chichón de la cabeza. **¡Ay!**

Recordé *por qué* había subido al desván.

¡Las velas! ¡Estaba buscando velas! Me dirigí a la cómoda apoyada contra la pared del fondo y allí encontré un candelabro. Lo encendí.

—¡Mucho mejor! —suspiré satisfecho.

Me asombré al ver cuántos objetos se habían ido acumulando en el desván.

¡Hacía tanto tiempo que no subía...!

Érase una vez...

Mira, mira, ahí están los libros de cuentos de mi infancia... el triciclo de mi hermana Tea... la sábana con la que mi primo Trampita se disfrazaba de fantasma... ¡para asustarme!

Vi una sombra y lancé un grito.

—¡AAAAAAAAAAAAGGGGGGH!

Después di un suspiro de alivio.

—Ejem, era sólo un maniquí con el vestido de boda de tía Margarita. ¡Qué bobo, mira que **ASUSTARME**!

Estaba a punto de bajar con el candelabro encendido cuando la ventanilla del desván se abrió de golpe.

LA MISTERIOSA CAJITA DE CRISTAL

Alargué una pata para cerrarla.

¡El temporal se había acabado y el cielo estaba límpido!

Vi en el cielo la ESTELA de una estrella fugaz.

Estaba a punto de pedir un deseo, cuando...

¡La estela de la estrella penetró por la ventana e hizo brillar un objeto misterioso a mis pies!

Bajé el candelabro para observarlo mejor...

Era una pequeña y valiosa cajita de cristal.

¿Cómo habría acabado allí?

UN DELICADO PERFUME DE ROSAS

La cajita brillaba a la luz de la vela.

En todos sus lados tenía incrustadas piedras preciosas: un rubí, un *topacio*, un cuarzo amarillo, una esmeralda, un *zafiro* y una AMATISTA.

La punta era de DIAMANTE.

En la tapa había una placa de un misterioso metal iridiscente, en un extraño alfabeto:

Levanté la tapa: la cajita estaba forrada de terciopelo rojo.

Se esparció un delicado perfume, que se fue propagando por la habitación. Una melodía resonó leve en el aire.

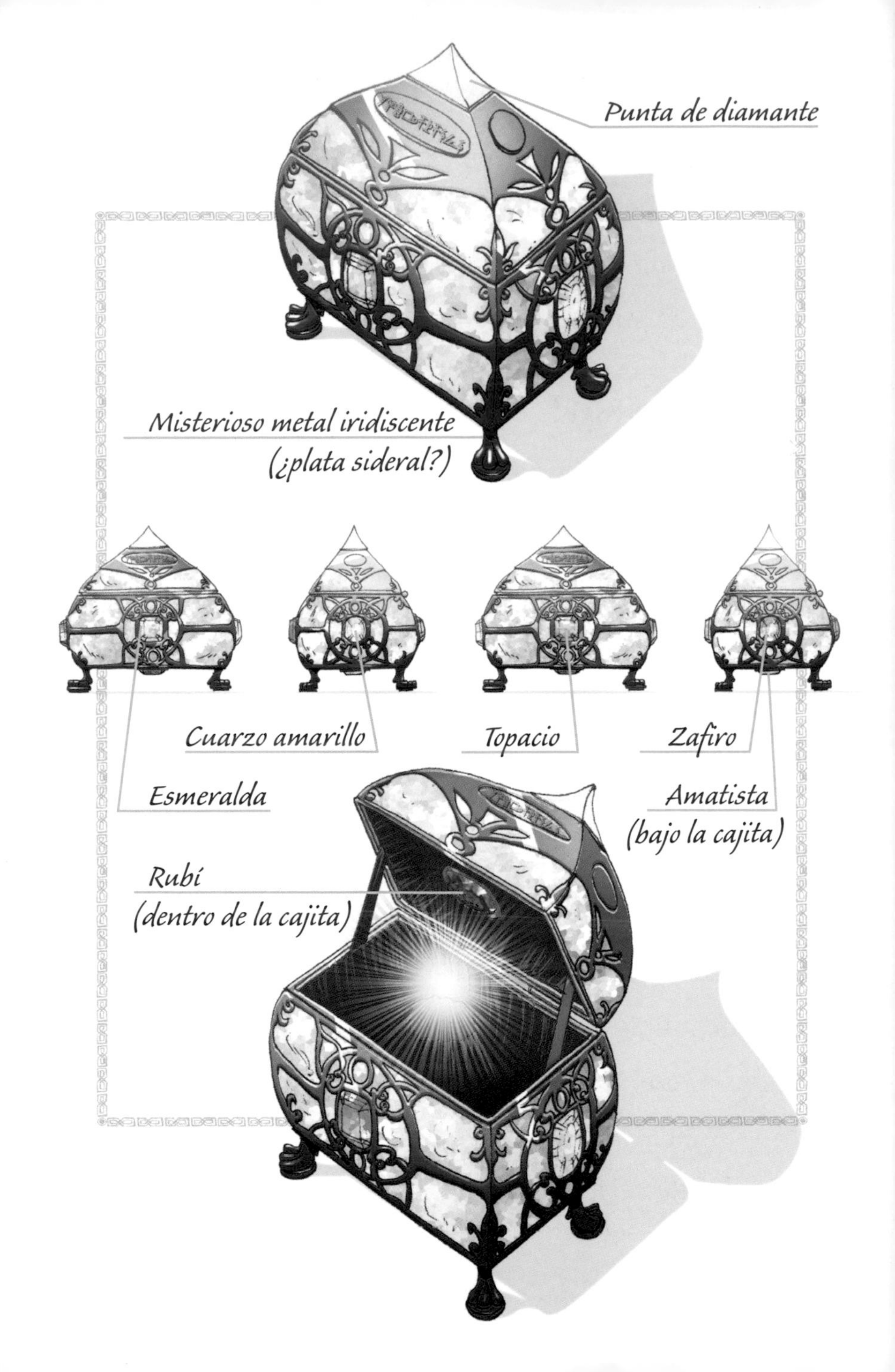
Punta de diamante
Misterioso metal iridiscente
(¿plata sideral?)
Cuarzo amarillo
Topacio
Zafiro
Esmeralda
Amatista
(bajo la cajita)
Rubí
(dentro de la cajita)

¿Quién sabe cuánto tiempo hacía que las notas aprisionadas esperaban ser liberadas?

Me di cuenta de que la música de la cajita tenía un ritmo hipnótico.

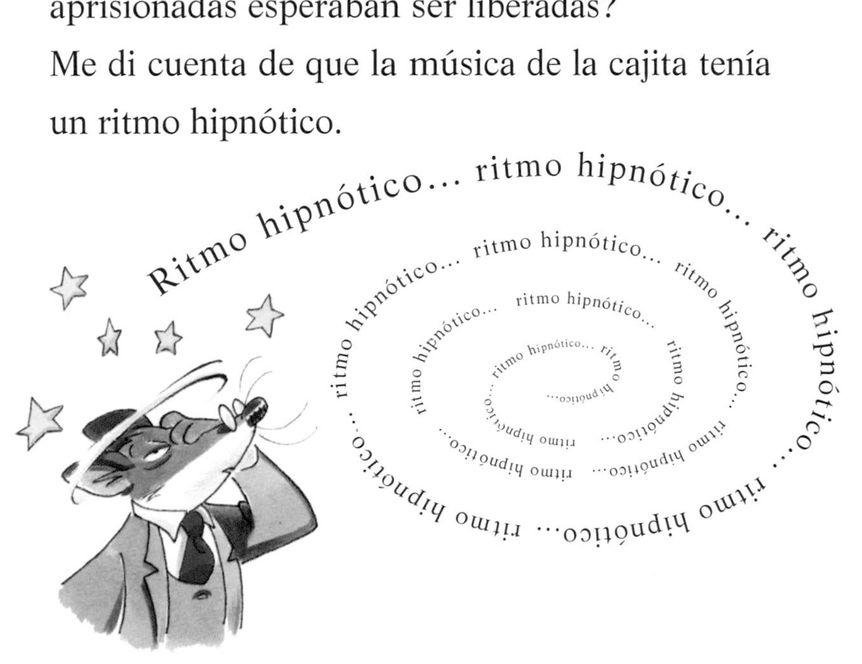

Por un instante me pareció ver en la cajita una figura de luz que bailaba... bailaba... bailaba...

Parpadeé, asombrado.

Después me di cuenta de que lo que brillaba era una minúscula llave de oro en el fondo de la cajita.

¿De dónde sería?

También vi un minúsculo pergamino de color *rosa* con un lacre de cera *rosa*.

Olía a *rosas*.

Contenía un misterioso mensaje escrito en un extraño alfabeto.

¿Qué significaría?

Cogí una lupa.

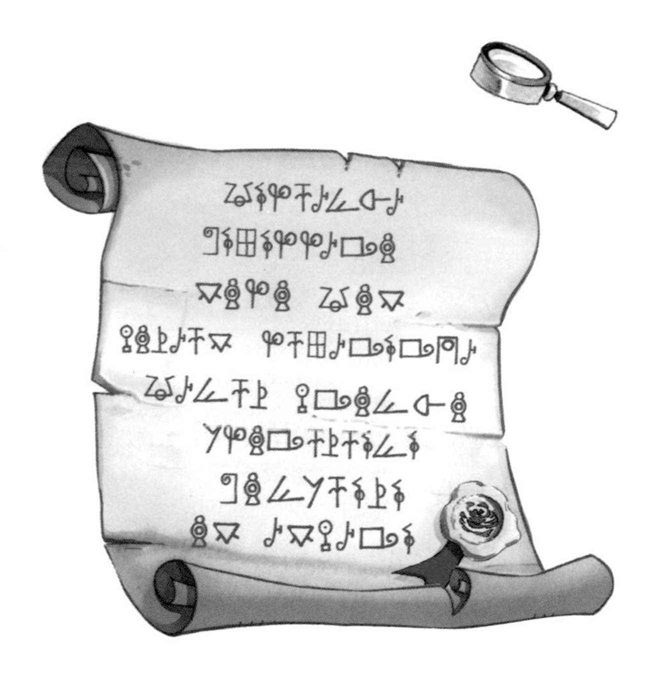

UNA ESCALERA DE POLVO DE ORO

Justo entonces oí un crujido. Levanté los ojos y vi asombrado que la estela de la estrella se había convertido en una escalera de polvo de oro.

Estupefacto intenté subir, aunque me temblaban las patas del miedo.

A lo lejos, de hecho, lejísimos, en lo alto de la escalera llegué a distinguir una portezuela de oro que brillaba... brillaba... brillaba...

Sin poder resistir la curiosidad, decidí ir a ver.

Metí en una mochila una libreta para tomar notas, un bolígrafo, un pañuelo, una cantimplora de agua y una tableta de chocolate...

¡ah, claro, y también la cajita!

Cogí la mochila. Con el corazón en la garganta empecé a subir. ¡Y subí cada vez más!

Con el corazón en la garganta empecé a subir...

LA PUERTA DE ORO

Subí todos los peldaños hasta que llegué a una puerta de oro en la que había escrito:

¡Me volví y con horror me di cuenta de que la escalera estaba desapareciendo!

No me atrevía a mirar hacia abajo (*¡sufro de vértigo!*) e intenté abrir la puerta que estaba frente a mí.

¡Estaba cerrada!

Empujé con todas mis fuerzas, pero fue inútil.

Me fijé en que había una cerradura minúscula.

Cogí la llave de oro e intenté meterla por la cerradura: se abrió. **Me incliné y entré.**

Tienes que regresar
Si aquí quieres entrar

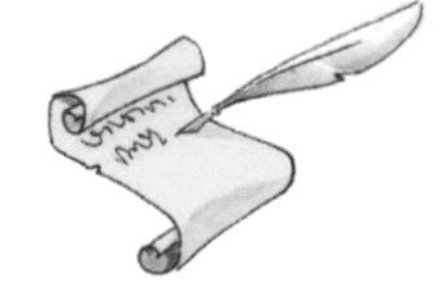

El caballero Sin Mancha y Sin Miedo...

Miré a mi alrededor: estaba en una gruta de cristal. Tras de mí quedaba la Puerta de Oro por la que había entrado.

Una vocecita que arrastraba algunas erres croó:

—¡Buenos días tengáis, noble Caballero Sin Mancha y Sin Miedo! ¿Qué glorrriosa empresa habéis venido a emprender?

Yo me volví sorprendido. Vi una extraña criatura de piel verdosa y moteada, con grandes ojos saltones y una doble, es más, una triple papada. ¡Un sapo!

Vestía chaqueta y chaleco de terciopelo rojo con botones dorados que destacaban su ridícula tripita y unos calzones verdes que resaltaban sus patitas escuálidas.

El sombrero tricornio estaba espolvoreado de oro.

Llevaba en bandolera una alforja de cuero de cuyo interior extrajo un largo pergamino y un tintero de viaje. Sacó una pluma de oca y empezó a repetir con insistencia...

Plumilla Verdoso
Sapo Literato

—Oh, Caballero Sin Mancha y Sin Miedo, ¿qué glorrriosa empresa habéis venido a emprender?

—Mi nombre es Stilton, *Geronimo Stilton*. No soy Caballero. No soy Sin Mancha y Sin Miedo: soy un tipo bastante cobardica. Y no estoy emprendiendo ninguna empresa. Yo estaba en el desván, después la cajita, es decir, la estela, bueno, la ventana...

Él meneó la cabeza.

—Así no vamos bien, Caballero. Esta historia es flojita, yo necesito algo de prrrimera calidad, algo fuerrrte: ¡torneos, **damiselas**, tesoros y cosas así! Obtendré la crónica de vuestras aventuras y escribiré un Libro con L mayúscula. Hum, volvamos de nuevo al principio, Caballero. Os llamáis Sir Geronimo de Stilton, ¿verdad?

Yo repetí:

—Lo siento pero no soy Caballero y...

Él escribió sin escuchar me:

... por la puerta de oro entró un noble Caballero Sin Mancha y Sin Miedo... ¡Sir Geronimo de Stilton! Era alto y musculoso, con fieros ojos azules y una resplandeciente melena rubia. Vestía una armadura de plata que brillaba bajo la luz de la luna y su invencible espada era...

NO SOY UN RATÓN DEMASIADO AVENTURERO

—Pero ¡yo no tengo los ojos azules! —protesté, asombrado—. ¡Ni tampoco una melena rubia! ¡Y no llevo ni armadura ni espada!

—Caballero —bufó Plumilla—, si es por eso, tampoco sois *alto, bello y musculoso (a propósito, ¡tenéis* **un grano** *en la nariz!).*

Los bigotes me zumbaban de exasperación.

—¡No-soy-un-Caballero! ¿Cómo tengo que decírtelo?

El sapo insistió:

—¡Sí lo sois!

—¡Te digo que no!

—¡Y yo que sí!

—¡Y yo que **NO**!

—En definitiva... ¡soy yo quien escribe! ¡Soy un

sapo literato! Y tomad nota, el mío será el Libro de los Libros, la Obra Maestra de las Obras Maestras, el Máximo de los Máximos, será leído y rrreleído en el Reino de la Fantasía durante años y años, siglos y siglos, milenios y milenios, es más...

Yo me rendí.

—Vale, vale, escribe lo que quieras.

El sapo garabateó:

El Caballero Sin Mancha y Sin Miedo galopó intrépido a lomos de su caballo blanco. El estandarte de fina tela roja en el que estaba bordado su escudo se agitaba glorioso al viento y...

Entonces el sapo vio la cajita en mi mochila:

—Pe-pero ¡ésa es la cajita de Su Majestuosísima Majestad la Reina de las Hadas!

La abrió y encontró el pergamino rosa:

—Pe-pero ¡esto es un perrrgamino en ALFABETO FANTÁSTICO! ¡Esperad, os traduzco... es nada menos que una petición de ayuda de la Reina de las Hadas! ¡Está en peligro! ¡Os implora! ¡Dice que sólo vos la podéis salvar!

Yo balbucí:

—Pero ¿por qué me ha elegido precisamente a mí?

—No lo sé, porque si se os mira bien no tenéis nada de especial (*¡tenéis incluso* un grano *en la nariz!*), ¡pero Ella habrá tenido sus buenas razones! Así que, Caballero, ¿parrrtimos? ¡Vengavengavenga que no hay tiempo que perrrder! ¡Tendremos que atravesar siete (siete, nada menos) Reinos antes de llegar al de las Hadas!

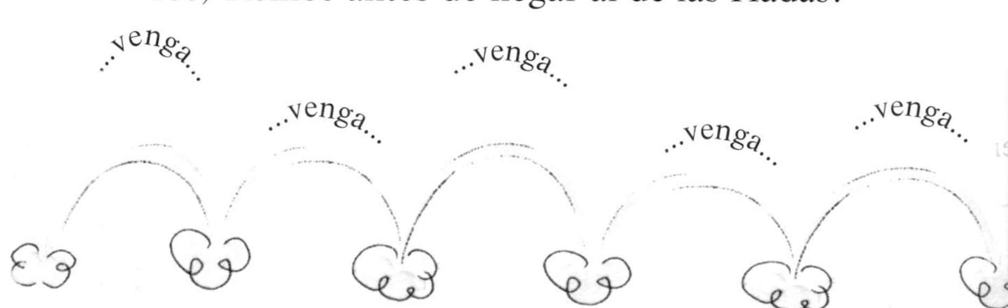

Éste es el mensaje de la Reina de las Hadas. Para traducirlo, ve a la página 323: ¡allí encontrarás el Código Secreto!

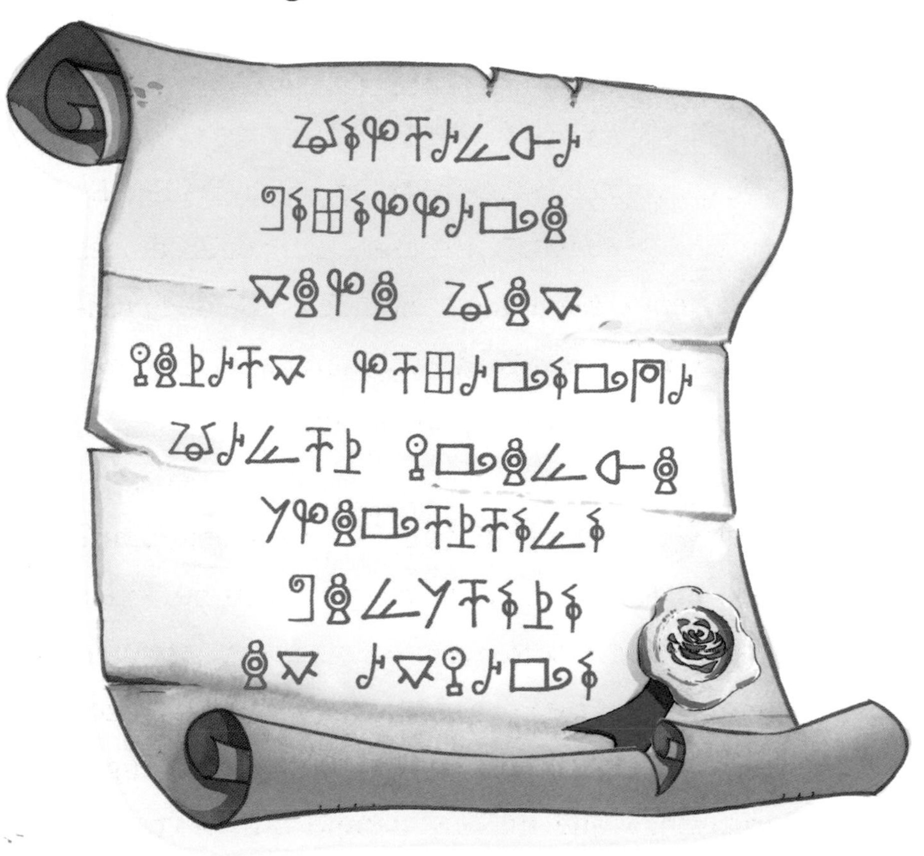

Yo nunca he sido un tipo demasiado valiente... pero no niego nunca mi ayuda a quien está en dificultades. Y si la Reina de las Hadas estaba en peligro, pues bien, entonces tendría que salvarla.

Levanté la pata derecha:

—¡La salvaré! ¡Palabra de Stilton, *Geronimo Stilton*!

El sapo gritó:

—¡Bravo, Caballero! ¡Sed fuerte, vamos hacia **el Reino de la Fantasía**! Yo seré vuestro Guía Oficial. A propósito, *¡cómo se os nota ese* **grano** *en la nariz!*

El primer Reino es...

El sapo empezó a parlotear:

—El Primer Reino es... el de las Brujas. Pero para vos es una cosita de nada, ¿no? Para un osado caballero como vos, ¿qué son un millar de criaturas malvadas & pérfidas, crueles & sin corazón, expertas en hechizos & fórmulas mágicas, que se divierten haciendo **salchichas** de los viandantes? A propósito, ¿os he dicho que allí siempre es de noche porque las brujas no toleran la luz del sol? ¿Y que quien es descubierto cruzando el Reino sin permiso es transformado en cucaracha? ¿Y que si la Reina está de mal humor incinera al primero que pasa? ¿Y que la Reina está custodiada por **escorpiones gigantes**? ¿Os lo había dicho, Caballero?

—No, no me lo habías dicho —susurré aterrorizado.

—Caballero, aquí tenéis una cabeza de ajos, quién sabe, quizá os encontréis con algún VAMPIRO. A propósito, Caballero, ¿tenéis alguna noble palabrrrra que queráis pronunciarrr antes de entrarrr en el Rrreino de las Brrrujas?

—Sí —sollocé—. ¡Tengo miedo!

Sin escucharme, garabateó:

El Caballero Sin Mancha y Sin Miedo espoleó impávido su caballo blanco gritando: «¡Adelante con coraje mis valientes!».

Era justo la medianoche. Con una inclinación, el sapo me señaló la Puerta de Rubí.

Cruzamos la Puerta y entramos en el Reino de las Brujas.

Allí, una oscuridad profunda y densa me llenó de angustia el corazón.

Frota esta piedra y... ¡huele!

¡Notarás el tufo del Reino de las Brujas!

¡Qué tufo a azufre!

UN PAISAJE DE PESADILLA

Al atravesar la Puerta de Rubí me pareció oír una nota musical, un *Do*.

¡Qué extraño!

Me saqué del bolsillo la cajita de cristal y me di cuenta de que el rubí que había debajo de la tapa se había levantado. Bajo el rubí se escondía una... plantita misteriosa.

¡Qué raro!

Plumilla me señaló un mapa dibujado en un cráneo gigantesco que había pertenecido a una monstruosa criatura.

—¡Aquí está el mapa del Reino de las Brrrujas!

Los nombres de los lugares me hicieron sentir escalofríos.

¡Brrrrrrrrrrrrrrrrrrrrrrrrrrrrrrrrrrrrrrrrrr!

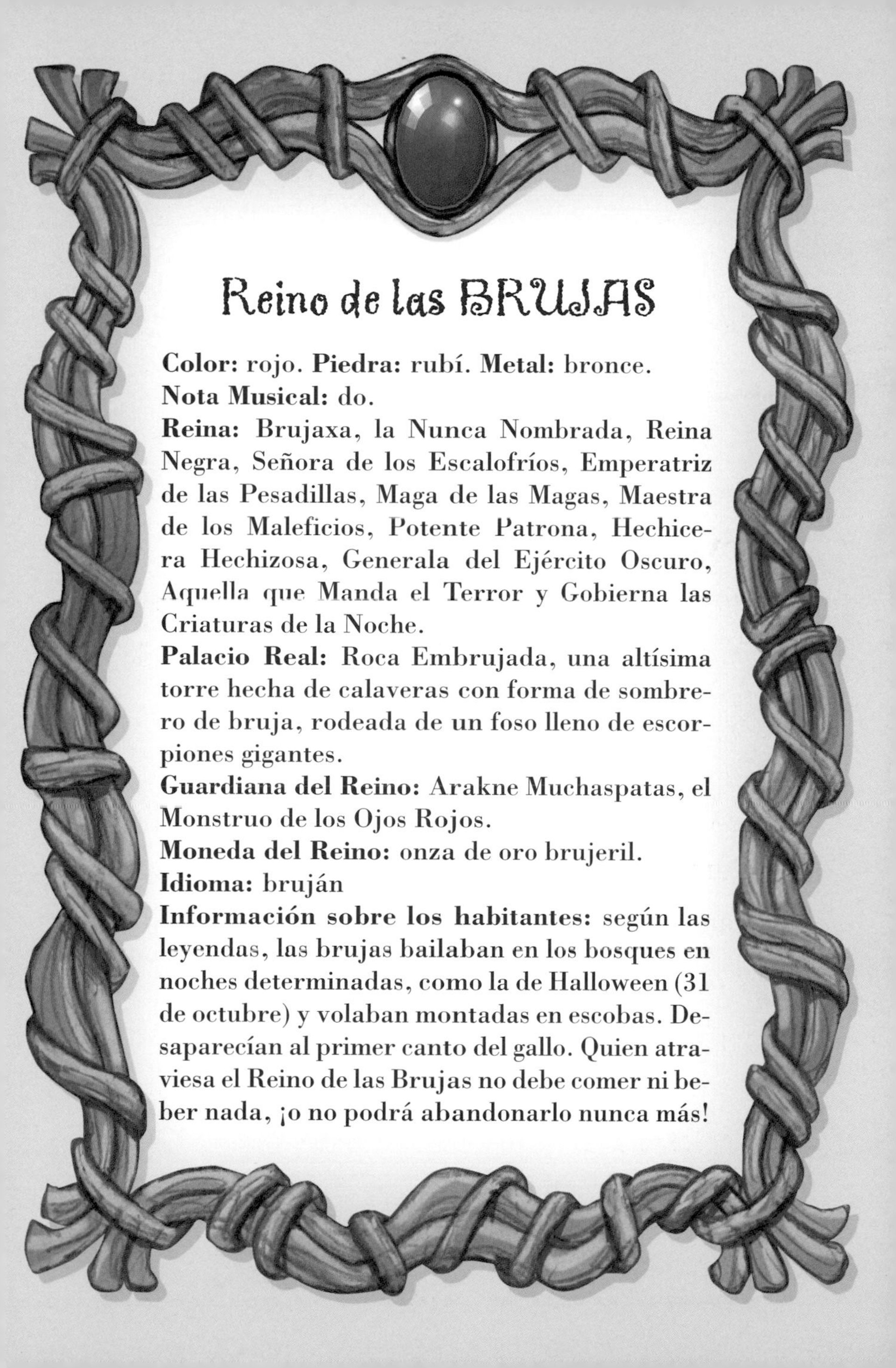

Reino de las BRUJAS

Color: rojo. **Piedra:** rubí. **Metal:** bronce.
Nota Musical: do.
Reina: Brujaxa, la Nunca Nombrada, Reina Negra, Señora de los Escalofríos, Emperatriz de las Pesadillas, Maga de las Magas, Maestra de los Maleficios, Potente Patrona, Hechicera Hechizosa, Generala del Ejército Oscuro, Aquella que Manda el Terror y Gobierna las Criaturas de la Noche.
Palacio Real: Roca Embrujada, una altísima torre hecha de calaveras con forma de sombrero de bruja, rodeada de un foso lleno de escorpiones gigantes.
Guardiana del Reino: Arakne Muchaspatas, el Monstruo de los Ojos Rojos.
Moneda del Reino: onza de oro brujeril.
Idioma: bruján
Información sobre los habitantes: según las leyendas, las brujas bailaban en los bosques en noches determinadas, como la de Halloween (31 de octubre) y volaban montadas en escobas. Desaparecían al primer canto del gallo. Quien atraviesa el Reino de las Brujas no debe comer ni beber nada, ¡o no podrá abandonarlo nunca más!

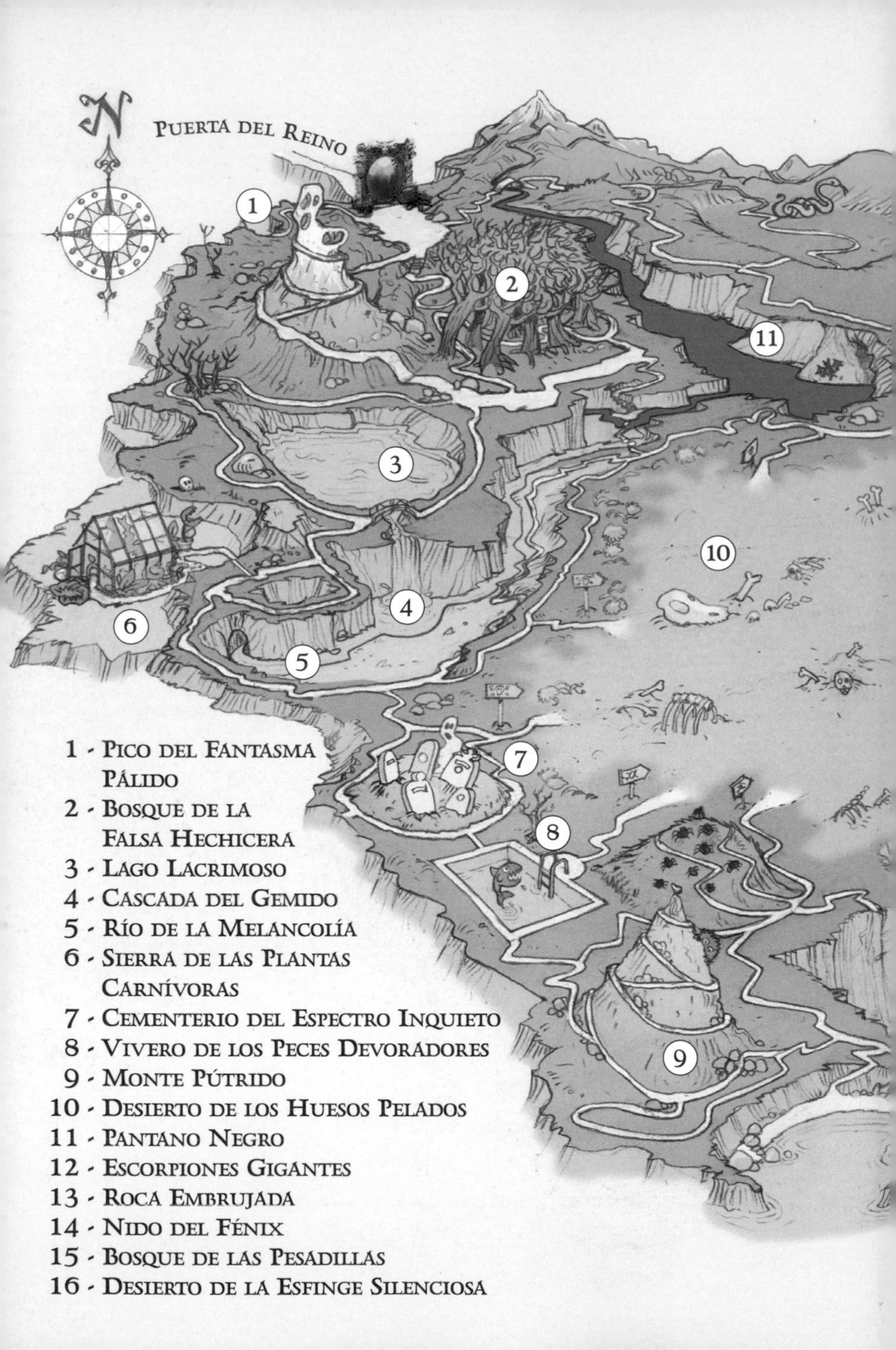
N
Puerta del Reino
1
2
3
4
5
6
7
8
9
10
11
1 - Pico del Fantasma Pálido
2 - Bosque de la Falsa Hechicera
3 - Lago Lacrimoso
4 - Cascada del Gemido
5 - Río de la Melancolía
6 - Sierra de las Plantas Carnívoras
7 - Cementerio del Espectro Inquieto
8 - Vivero de los Peces Devoradores
9 - Monte Pútrido
10 - Desierto de los Huesos Pelados
11 - Pantano Negro
12 - Escorpiones Gigantes
13 - Roca Embrujada
14 - Nido del Fénix
15 - Bosque de las Pesadillas
16 - Desierto de la Esfinge Silenciosa

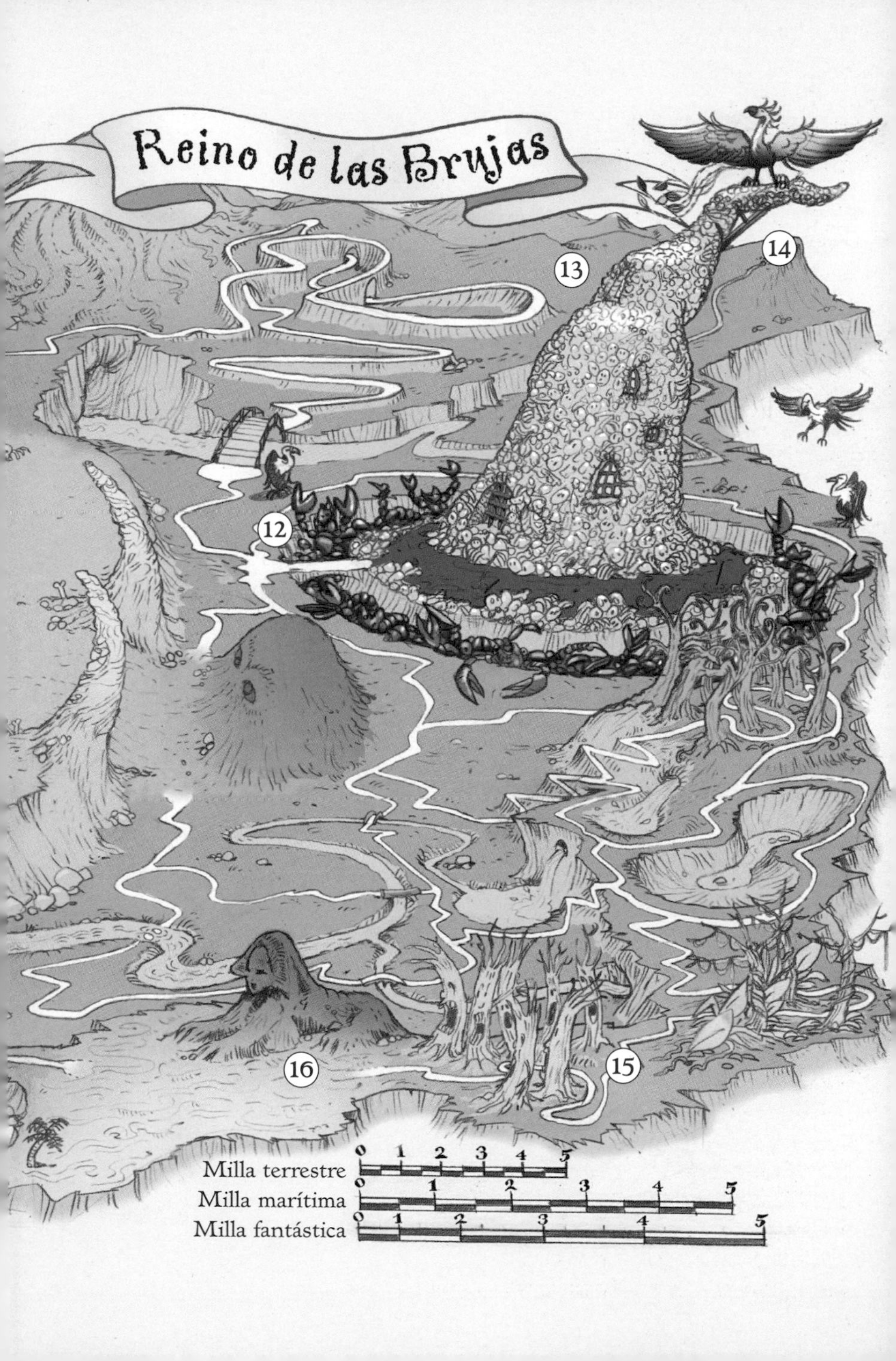
Reino de las Brujas
12
13
14
15
16
Milla terrestre
0 1 2 3 4 5
Milla marítima
0 1 2 3 4 5
Milla fantástica
0 1 2 3 4 5

—¿Pantano Negro? ¿Monte Pútrido? ¿Bosque de las Pesadillas? ¡Quiero volver a casaaaaaaaaa!

Plumilla sacudió la cabeza:

—Pfff, todos dicen lo mismo cuando llegan a este punto. Pero es demasiado tarde, Caballero, deberíais haberlo pensado antes, ahora es momento de... **¡AVANZAR!**

Escribió con aire inspirado:

El Caballero Sin Mancha y Sin Miedo observó el Mapa del Reino de las Brujas y soltó una buena carcajada: «¡Pfff, cosa de niños para un guerrero tan valiente como yo!».

Escalamos el PICO DEL FANTASMA PÁLIDO, una roca desolada donde el viento ululaba salvaje...

¡UUUUHHHHHHHHHHHHHHHH!

Alcanzamos el BOSQUE DE LA FALSA HECHICERA, donde las ramas de los árboles apuntaban al cielo como buscando ayuda. Atravesamos el melancólico LAGO LACRIMOSO, la triste CASCADA DEL GEMIDO y el escuálido RÍO DE LA MELANCOLÍA, de aguas *amargas* como la hiel. Evitamos el VIVERO DE PECES VORACES, con sus colmillos **afilados** como cuchillos... la SIERRA DE LAS PLANTAS CARNÍVORAS, con fauces de dientes puntiagudos... y el Cementerio del Espectro Inquieto, lleno de **LÁPIDAS** amarillentas por el tiempo.

Los Caballeros Sin Corazón

El terreno tembló: llegaba galopando una lúgubre fila de caballeros.

Plumilla se escondió detrás de una lápida.

–¡LOS CABALLEROS SIN CORAZÓN!

Me los señaló asustado.

—Esos que ves sólo son caballeros de nombre. Oh, sí, en un tiempo hicieron voto de defender la **Verdad** y proteger a los débiles..., pero un día se olvidaron de sus propósitos.

Y sus corazones enfermaron.

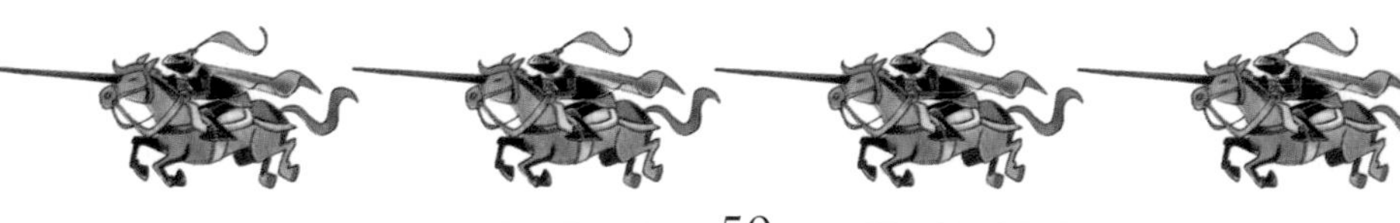

Sí, Caballero, también el corazón puede enfermar, y de enfermedades graves: *egoísmo, envidia, maldad, deseo de poder*... No se vuelve malo de golpe, sino que se va secando un poquito cada vez, hasta que acaba olvidando el *Bien* y aceptando el **MAL**.

Suspiró:

—Se han convertido en parte del **EJÉRCITO OSCURO**, aunque no por voluntad propia sino *sin darse cuenta*. Y eso, ay, es lo más trrriste. Lentamente la luz del Amor se apaga y la Oscuridad se apodera del corazón, confundiéndolo... hasta que nunca más logra ver con claridad la diferencia entre el Bien y el Mal.

Los caballeros pasaron de largo.

Retomamos el camino sobre calaveras, tibias, huesos... ¡el DESIERTO DE LOS HUESOS PELADOS!

El Monstruo de los Ojos Rojos

Mi guía anunció:

—Vamos, Caballero, ha llegado el momento que tanto esperabais: ¡Vuestrrra Primera Prueba!

Me señaló dos picos puntiagudos en forma de colmillos y una colina de TIERRA ROJA.

—Aquí debemos (mejor dicho, debéis) enfrentaros a Arakne, ¡el MONSTRUO DE LOS OJOS ROJOS!

A mí se me erizó el pelaje del canguelo.

—Ejem, ¿cómo es ese MONSTRUO? ¿Qué significa eso de que tiene los OJOS ROJOS?

El sapo sacudió la cabeza.

—Aaah, Caballero, lo descubriréis pronto vos solo, no quiero estropearos la sorpresa...

Yo reflexioné frenéticamente:

—Humm, Arakne... en griego antiguo ἀράχνη (se pronuncia *aracné*) significa «araña», si no recuerdo mal...

Un instante después quedé atrapado en una TELARAÑA invisible pero muy resistente. Grité:

—¡SOCORROOOOOOOOO!

Plumilla estaba atrapado como yo y se debatía croando asustado.

La colina de tierra roja tembló, después se elevó... Enormes ojos brillantes como TIZONES ardientes me miraron hipnóticamente.

Lo que *parecía* una colina alargó perezosamente ocho patas peludas.

Yo creí que me desmayaba de miedo. Las arañitas me fastidian..., las arañas me ponen nervioso..., ¡pero las **arañas gigantes** me aterrorizan!

El Monstruo de los Ojos Rojos avanzó hacia mí resbalando sobre los huesos.

Hice acopio de valentía y dije:

—¡Voy de viaje hacia el Reino de las Hadas, tengo que salvar a su Reina!

La araña murmuró:

—¿Hadas? Nosotros no conocemos Hadas. Arakne, la

Guardiana Muchaspatas, sólo recibe órdenes de la Reina de las Brujas.

—¡No me devores, no te he hecho ningún mal!

—Arakne es la Guardiana, su cometido es detener a los viajeros como tú. Día tras día, año tras año, siglo tras siglo, milenio tras milenio... desde el Inicio hasta el Fin del Tiempo e incluso más allá... —concluyó bostezando.

El sapo murmuró:

—En mi opinión..., Caballero, ¡debéis contarrrle una historrria rápidamente, antes de que se aburra! ¡Nos va la vida en ello!

Yo improvisé:

—¡Si quieres, te explicaré una leyenda sobre el origen de tu nombre, «Arakne»!

—Arakne te ordena que hables. Nadie habla nunca con Arakne en el Desierto de los Huesos Pelados. Pero ¡cuídate de no intentar engaño alguno con Arakne Muchaspatas!

Yo empecé el relato...

El mito de Arakne
Antigua leyenda griega

En la cima del monte Olimpo, el más alto de Grecia, reinaban los dioses entre los que estaba Atenea, protectora de la sabiduría y de todas las artes, incluidas las domésticas.
En aquel tiempo vivía en Lidia una muchacha de nombre Arakne, habilísima bordadora.
Sus labores eran espléndidas y todo el mundo la admiraba.
—Esta muchacha tiene las manos de oro...
—Mirad qué armonía de colores...
—Son obras maestras dignas de un artista...
Los elogios enorgullecieron a Arakne, que empezó a jactarse.
—¡Si desafiara a la diosa Atenea, yo ganaría!
Las cotillas ninfas del bosque repitieron sus palabras a la diosa que, enfurecida, aceptó el desafío.
Llegó el día del reto.
Atenea bordó con empeño, pero al acabar, se dio cuenta de que la tela de Arakne era más bella que la suya.
Enfadada por la derrota, la diosa rasgó la tela de su rival en mil pedazos.
Después transformó a la muchacha en una araña.
Así que aún hoy, cuando se ve a una araña tejiendo su tela... se piensa en la conmovedora suerte de Arakne, tejedora infeliz, ¡condenada porque fue más hábil que una diosa!

¡TODO EL MUNDO NECESITA UN AMIGO!

Acabé de contar la historia.

Arakne me miró inmóvil, con ojos ardientes.

Luego la sacudió un temblor...

Que se convirtió en incontrolable...

Abrió las fauces de colmillos afilados y empezó a llorar:

—¡BUUUAAAAAAAAAAAAAAAAAH!

Gracias por la historia, amigo. ¡Arakne no lloraba así desde que era una arañita recién salida del huevo!

¡Casi casi Arakne te va a retener aquí para siempre, en este desierto no hay nada que hacer si no es devorar a algún viajero de vez en cuando!

Yo PALIDECÍ.

—Ejem, realmente yo...

La araña murmuró, triste:

—Arakne comprende. Parte, Caballero.

Yo me conmoví. La soledad es una cosa muy fea y *todo* el mundo necesita un amigo, ¡hasta las arañas gigantes! Así que propuse:

—*Escribiré* para ti esta historia. Podrás leerla y releerla, te hará compañía.

La araña gritó entusiasmada:

—¡Viva! ¡Así Arakne podrá llorar muchas muchas muchas veces más!

Escribí la historia en un pergamino y se la di a la araña gigante.

Roca Embrujada

Reemprendimos la marcha. Poco después apareció en el horizonte una roca con forma de sombrero de bruja. ¡Roca Embrujada!
Bandadas de buitres revoloteaban perezosos aquí y allá en busca de víctimas que descarnar.
Vi algo que blanqueaba en el suelo. Lo recogí: ¡era una calavera!
El foso estaba lleno de **escorpiones gigantes** que agitaban su aguijón venenoso: ¡CLAC CLAC CLAC!
Miré hacia arriba:
—¡Será muy fatigoso escalar semejante roca!
Plumilla se rió:
—Caballero, ¿bromeáis? Aunque os encaramarais hasta la cima, nunca lograríais entrar. Las Brujas saben defenderse muy bien, vertiendo ollas de aceite hirviendo, alquitrán humean-

te y plumas de lechuza. ¡Quien padece semejante trrratamiento no lo olvida jamás! Pero yo conozco un pasadizo secreto. ¡Me fue revelado por mi abuela Sapita, que era *prima* de la *peluquera* del *sobrino* del *portero* de la *hermana* del *callista* del *mayordomo* de la *cuñada* del *sastre* de la *quiromante* de la Nunca Nombrada!

—¿La Nunca Nombrada? ¿Y quién es?

—Caballero, *pero ¿de qué mundo venís?* ¿No sabéis que la Nunca Nombrada es... es... es...

¡Pobres, pobres de nosotros! ¡Ella se sirve de sus PODERES MÁGICOS para dominar a sus infelices súbditos!

Yo estaba indignado. ¡Nadie debería utilizar el propio poder para causar daño a los demás!

MÁS BIEN...
¡CUANTO MÁS PODER
SE TIENE
MÁS RESPONSABLE SE ES
DEL USO
QUE SE LE DA!

Después, el sapo susurró:

—Ahora os mostraré el pasadizo secreto. Pero ¡quiero vuestra *palabra de honor* de que nunca lo reveléis a nadie!

—¡Palabra de honor de Roedor, palabra de Stilton, *Geronimo Stilton*!*

* Yo *siempre* mantengo mi palabra. Por eso, lo siento, el Pozo de los Inconscientes no se muestra en el mapa del Reino de las Brujas. Perdonad, queridos lectores, pero una promesa es una promesa.

El Pozo de los Inconscientes

Plumilla se arrastró por el suelo.

—¡Haced lo mismo que yo, hay que reptar como una salamandra! Así no nos localizarán desde Roca Embrujada. Las brujas, además de tener podcrcs mágicos poseen una vista increíble y una puntería de locura. No querréis que nos tiren algo a la cabezota. Son capaces de acertarle a una hormiga en mitad de los ojos a un kilómetro de distancia...

Nos arrastramos hasta el Pozo de los Inconscientes. ¿Por qué se llamaría así?

Nos llovieron encima todo tipo de objetos:

—*Un orinal mellado...*

—*Un zapato viejo...*

—*Una coliflor podrida...*

—*Una escoba rota...*

—¡Ayayay, ya me lo esperaba, vaya que sí! ¡Rápido, caballero, apresuraos a salamandrear o acabaremos hechos torrrtilla de ratón y sapo!

Brincamos dentro del pozo, agarrándonos a la soga del cubo. El fondo estaba lleno de esqueletos mondos y lirondos...

¡Brrrrrrrrrr!

¡Por eso se llamaba el POZO DE LOS INCONSCIENTES!

Un botón del chaleco de Plumilla cayó con un estruendo lejanísimo.

Aquel pozo era muy muuy muuuy muuuuuy profundo.

Salamandra

Pequeño reptil similar a una lagartija. Según la leyenda, sobrevive al fuego. Era un ingrediente precioso para los alquimistas que buscaban la piedra filosofal.

Agarrados a la soga, descendimos hasta que un soplo de aire muy fresco me agitó los bigotes.
Plumilla señaló un agujero en la pared del pozo.

¡EL PASADIZO SECRETO!

¡El pasadizo llevaba directamente al interior de Roca Embrujada! Encontramos una escalera que subía subía subía...
Los escalones eran empinadísimos, estrechos y desiguales, desgastados por los siglos.
Subimos durante horas, hasta que arriba de todo divisamos una escotilla de bronce.

La abrimos...

A la altura de mis ojos había zapatos, babuchas, sandalias, zapatillas y pantuflas de todo tipo.

Pobres de nosotros, ¡habíamos ido a parar justo en medio del salón de baile de Roca Embrujada!

Las brujas bailaban desenfrenadamente, cantando a voz en grito una canción en su lengua secretísima, ¡el *bruján*!

En cuanto nos vieron empezaron a chillarnos, sarcásticas:

—¿Cómo habéis penetrado en Roca Embrujada?

—¿Quiénes sois?

—¿Cómo os llamáis?

—¿Qué hacéis aquí, pareja de espías?

Algunas me tiraban del bigote, riéndose malévolamente.

—¡Venga, cuéntame una historia divertida!

Otras me pellizcaban la cola...

—¡Si no es divertida
te tiramos a los buitres, JI JI JI!

—¿A qué sabrá este bicho peludo?
Bueno, ¡sólo hay que morderlo
un poquito para saberlo!

Al pobre Plumilla intentaban desabrocharle los botones del chaleco.

—¡Yo quiero SU sombrero! ¡Yo quiero SU pluma de oca!

La más gordinflas se relamió los bigotes...

—Llevémoslos a la cocina de la bruja-cocinera...

—¡Esta noche,
estofado de ratón
y caldo de sapo!

¿Sabes quién soy?
Filtros de amor
Pociones venenosas
Encantamientos
Maleficios
Fórmulas mágicas
Perfidias y maldades
Soy fea y mala, en la escoba vuelo sin alas
Me encantan los niñitos...
Cuando están bien rellenitos...
¡JI JI JI! Soy experta en magia

Caligrama: ¡adivina qué nombre hemos dibujado!

¡Adivina este caligrama!

BRUJAXA, LA NUNCA NOMBRADA

Del fondo del salón oí una voz misteriosa ordenar:

—¡Quietasss, hermanasss!

La voz prosiguió, persuasiva como la miel, suave como una pluma del ala de una tórtola y profunda como un deseo nunca expresado:

—Venid, huéspedesss que venísss de lejos. ¡Es la Reina de las Brujas quien osss lo ordena!

Avanzamos a través del salón real, titubeando. Las paredes estaban compuestas por *miles de huesecitos blancos* pulidos hasta hacerlos brillar...

¡BRRRRRRRRRR!

El pavimento era de bronce reluciente y tenía grabadas *miles de fórmulas mágicas*...

En una pared vi *miles de espejos dorados* enmarcados en preciosas molduras...
¡Una bruja pasó por delante, pero no se reflejó en ellos!
En otra pared había *miles de bocas sonrientes* que empezaron a carcajearse...

¡Je je jeee!
¡Ja ja jaaa!
¡Ji ji jiii! ¡Jo jo jooo! ¡Ju ju juuu!

Miles de narices puntiagudas apuntaron sospechosas a mi paso...

Mil antorchas **llameantes** proyectaban lúgubres resplandores...
Mil braseros ardientes quemaban aromáticos inciensos exóticos...

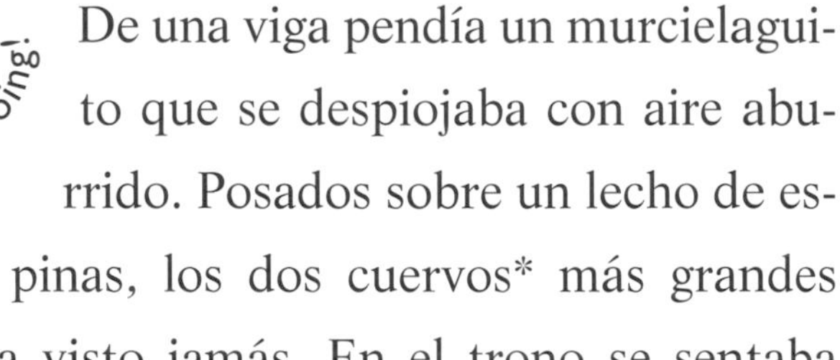

De una viga pendía un murcielaguito que se despiojaba con aire aburrido. Posados sobre un lecho de espinas, los dos cuervos* más grandes que había visto jamás. En el trono se sentaba una dama de tez pálida, ojos de color avellana, boca escarlata y un lunar sobre el labio.

Los largos cabellos rojos estaban entreverados de rubíes. ¡Uno de sus ojos era **negro** y el otro verde! Llevaba zapatos de seda roja. A su alrededor, una fila de cucarachas con collarines de oro.

La bruja susurró:

—Sssapo, tu morro no me esss nuevo... ¿nosss hemosss visto antesss?

* Los dos cuervos de la Reina se llamaban Huginn (Pensamiento) y Muninn (Memoria), como los cuervos del dios nórdico Odín. Cada mañana ella los manda a explorar su Reino, y cada tarde vuelven a contarle todos los secretos que han espiado.

—¡Desaforrrtunadamente, no, Majestad, aún no había tenido ese honor!

La Reina me dedicó una sonrisa gélida como un rayo de luna en una noche de invierno.

—¿Quién eresss, extranjero, y qué quieresss?

Yo me incliné, para que no viese que me temblaban los bigotes de miedo.

—Poderosa Soberana, mi nombre es...

EN LA CORTE DE LAS BRUJAS

Plumilla intervino rápidamente:

—¡Su nombre es Geronimo de Stilton, un Caballero Sin Mancha y Sin Miedo!

Yo me mantuve inclinado:

—***Graciosa Soberana***, os pido permiso para atravesar vuestro Reino...

Brujaxa murmuró dulcemente:

—Por supuesto que tenéisss mi permiso. ¡Vamosss, sssentaosss a mi lado!

Pálido de puro canguelo, me senté en un extraño cojín de pelaje gris que parecía el pellejo de un ratón.

¡BRRRRRRRRRRRRRRR!

¡BRRRRRRRRRRRRRRR!

¡BRRRRRRRRRRRRRRR!

Plumilla me señalaba en voz baja la Corte Descontenta de las Brujotas, ¡compuesta por brujas de todas las partes del mundo!

Allí estaba Baba Yaga, bruja rusa de nariz de hierro y dientes de piedra.

También vi a Black Annis, bruja de mirada azul y uñas de acero.

Y Mulukwansi, la bruja apestosa de Melancia.

De Campania venía Janara, bruja de voz atronadora, orejas de oso y alas poderosas.

¡Qué grasientos estaban los cabellos de la repugnante Mama Paduria, bruja rumana!

¡Enormes, peludas y llenas de verrugas eran las orejas de Dogai, bruja de la Polinesia!

También estaba Treintaperros, bruja toscana

que engorda niños para hacer con ellos estofado... **Surale**, la bruja tártara que galopa del revés... ¡Y **Yamauba**, bruja japonesa con la boca en la frente y serpientes por cabellos!

De repente vi un puntito en el cielo...

Plumilla gritó:

—*Me juego las verrugas* a que aquello es un basilisco. ¡Atento, Caballero, no lo miréis a los ojos u os quedaréis petrificado!

El basilisco entregó un pergamino a Brujaxa, que lo leyó satisfecha: ¡era la lista del **EJÉRCITO OSCURO DE LA REINA NEGRA**!

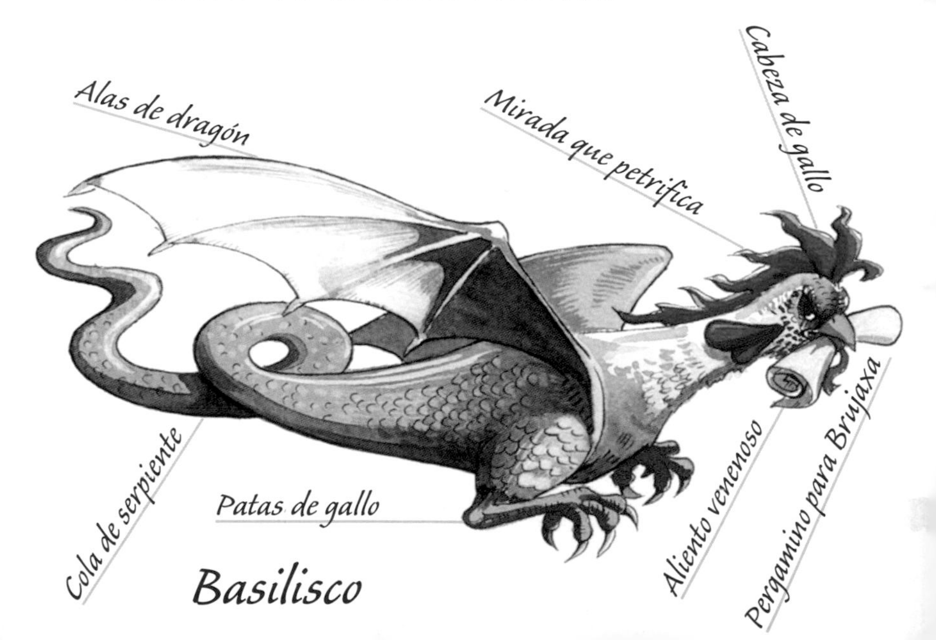

EL EJÉRCITO OSCURO DE LA REINA NEGRA

10.000 CABALLEROS SIN CORAZÓN (lúgubre fila de armaduras vacías, comandadas por la voluntad de la Reina Negra).

6.732 ORCOS ENERGÚMENOS EXTRAPERTURBADOS (gigantescos y armados con mazas y gruesas cadenas).

¡Graaaaaaaaak!

5.568 B. G. A. (BUITRES CON GARRAS DE ACERO, peligrosos volátiles de afiladas garras metálicas).

3.798 ORQUITOS PIGMEOS DEL VALLE APESTOSO (pequeños, apestosos y requetepeligrosos que lanzan pesadas bolas de plomo).

2.654 PULGAS ASESINAS (pulgas enormes como elefantes que acaban con sus víctimas chupándoles la linfa).

3.230 LUCHADORES GORDINFLAS (machacan a sus enemigos sentándose encima mientras lanzan un terrible «¡Kiaiiiiiiiiii!»).

2.123 COSQUILLISTAS DE BABALÚ (hacen cosquillas a sus víctimas sin piedad hasta que éstas se rinden).

1.000 ESCORPIONES NEGROS GIGANTES (montan guardia en el foso de Roca Embrujada, tienen pinzas afiladas y cola venenosa).

1.947 GRITONES SALTARINES (gritan al oído de sus enemigos a traición).

1.215 ULULONES ULULANTES (monstruos babosísimos que se esconden en las esquinas y ululan para aterrorizar a los caminantes).

976 MONSTRUITOS PEDORROS (fastidiosas bolas de pelo que disparan tremendas ventosidades apestosísimas).

875 MASTINES MASTODÓNTICOS (perros grandes, realmente grandes, con unos supermegaextracolmillos de pesadilla afiladísimos).

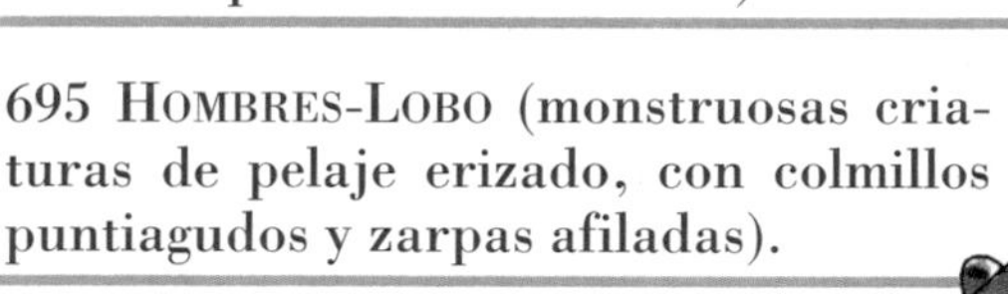

695 HOMBRES-LOBO (monstruosas criaturas de pelaje erizado, con colmillos puntiagudos y zarpas afiladas).

599 CUCARACHOTAS ACORAZADAS (grandes como casas de tres pisos, con coraza dura como el acero).

585 Hormigas Guerreras Gigantes (escupen líquido corrosivo y marchan en escuadrones en filas de a siete).

480 Plantas Carnívoras (aprisionan a su enemigo entre sus pétalos duros como el acero y en pocos minutos lo digieren completamente, huesos, uñas y cabellos incluidos).

240 Fantasmas Chupasueños Escupidores (lo que hacen ya lo dice su propio nombre).

99 Poltergeist (espíritus burlones, combinan bromas de pésimo gusto, hacen volar los muebles y le tiran de las orejas a la gente).

13 Espectros Halitósicos Esputantes (fantasmas de aliento fétido que lanzan escupitajos apestosos con una puntería alucinante).

3 Auténticos Vampiros de Transilvania (emparentados con el Conde Drácula).

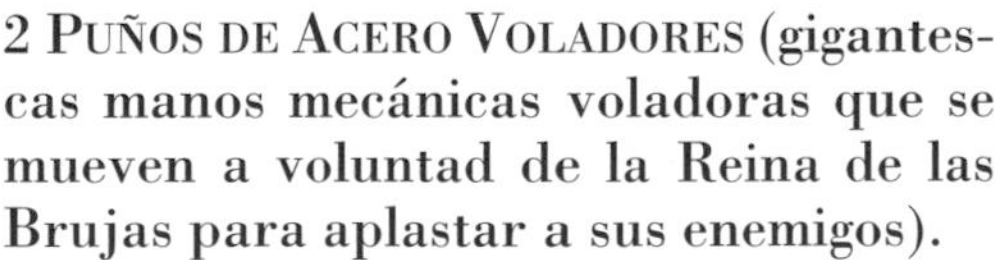

2 Puños de Acero Voladores (gigantescas manos mecánicas voladoras que se mueven a voluntad de la Reina de las Brujas para aplastar a sus enemigos).

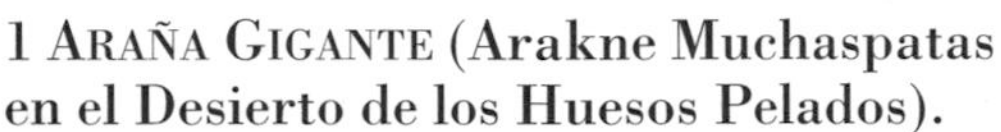

1 Araña Gigante (Arakne Muchaspatas en el Desierto de los Huesos Pelados).

CABELLOS DE SERPIENTE Y COLLARES DE ESCORPIONES

Me di cuenta de que justo al lado de la Reina hervía y hervía un caldero de bronce que contenía un Misterioso Veneno Verde.

Del caldero se levantaba una Misteriosa Niebla Verde.

Mientras me preguntaba curioso qué era, se me acercó una serpiente que llevaba en la cabeza una bandeja con comida y bebida.

Sin pensarlo alargué una pata, pero Plumilla me dio un codazo en las costillas:

—*¡Ejem, el Caballero está a dieta!*

De golpe recordé que quien entra en el Reino de las Brujas no debe ni comer ni beber... *¡o no lo abandonará nunca más!*

La bruja insistió:

—Venga, pruébalo... *¡sssólo sssson pastelitos de miel*!

—¡Me siento muy honrado pero no, gracias!

—¡Entoncesss, prueba el **pastel** de carne!

—No no no, muchas gracias.

—¡O lasss DELICATESSSEN de liebre!

—Gracias, pero mejor no.

—¿Y un QUESO de cabra?

—Tengo que rechazar vuestra amable oferta.

—¿Quieresss unas **frutasss** del bosque?

—Pobre de mí, no puedo.

—¿No disfrutarásss de los pastelesss de **chocolate**?

—Ejem, la respuesta es no, gracias.

—¡Toma al menos un sssorbo de **LECHE**!

—¡Os aseguro que no puedo! ¡Estoy a dieta!

¡Siete veces había rechazado sus ofertas! Brujaxa se volvió... sus cabellos se convirtieron en serpientes, la sonrisa se transformó en una mueca repelente, la boca se arrugó y el lunar se convirtió en una horrible verruga. Sus vestidos eran harapos, las joyas... escorpiones.

La bruja apuntó su dedo meñique y lanzó un rayo, ululando:

—¡Osss arrepentiréisss de haber venido a **Roca Embrujada**! ¡Osss transformaré en cucarachasss, como a todos los demásss incautosss viajerosss!

LA BRUJA APUNTÓ SU DEDO MEÑIQUE Y LANZÓ UN RAYO...

Todas las cucarachas suspiraron a coro:

—¡Pobrecitos!

Noté que la misteriosa planta que llevaba en el bolsillo se agitaba, como para llamar mi atención. La saqué y empezó a bailar feliz en la palma de mi mano.

La bruja bizqueó.

—Pero ¡eso eSSS una planta de **mandrágora**! ¡No crece en mi Reino desde hace máSSS de trescientoSSS SSSe-SSSenta y cinco años! ¡ESSS muy útil para miSSS pocio-neSSS mágicas!

Plumilla hizo una reverencia:

—¡Majestad, os la ofrecemos a cambio de un salvoconducto para atravesar el Reino de los Dragones!

Mandrágora

Planta con bayas rojas que, en función la dosis, puede curar o envenenar. Según la leyenda, las hechiceras la usaban para preparar filtros de amor y era bastante difícil recolectarla porque cuando era arrancada de la tierra lanzaba alaridos escalofriantes.

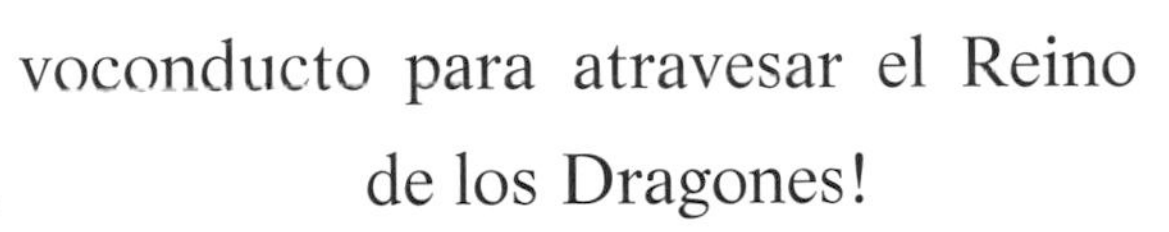

¡HOMBRES-LOBO!

La mandrágora lanzó un alarido: ¡saltó a la mano de la bruja y empezó a bailar una loca zarabanda!
Brujaxa rió satisfecha, mirándola con ternura.
—¡Pequeñina, vamos a ssser muy buenasss amigasss tú y yo! —Y después me susurró—: Nosss veremosss muy pronto, Caballero...
A continuación ordenó al murciélago:
—Ululino, llévaselosss al Fénix. Estosss viajerosss tienen permiso para abandonar mi Reino.
Y entonces le dio un capón en la cabeza:
—¡Y deja ya de despiojartc!
El murciélago Ululino levantó el vuelo fastidiado tras una nube de piojos y nos invitó a seguirlo

hasta lo más alto de Roca Embrujada.

Allí nos esperaba un pájaro de plumaje del color del FUEGO, ¡el Fénix!

Qué extraño, por un segundo me pareció que el Fénix y Plumilla intercambiaban una mirada de complicidad... pero ¿quizá me equivocaba?

En el lomo del Fénix había una silla de montar de cuero negro con un brillante pomo de plata.

—¡Agarraos fuerte, Caballero, partimos! —me gritó Plumilla al oído.

Fénix

Pájaro por excelencia de la mitología oriental. Tiene las plumas doradas y un canto armonioso. Puede vivir hasta cinco siglos. Para reproducirse construye un nido perfumado con especies y con un golpe de alas lo quema. De las llamas y la ceniza nace un nuevo fénix.

Antes de que pudiera quejarme, el Fénix desplegó las alas y se lanzó a volar.

Los bigotes me zumbaban por la velocidad.

El Fénix me tranquilizó amablemente:

—¡Soy un amigo, Caballero, y os ayudaré a atravesar el próximo Reino!

Cansado por tantas emociones me dormí. Mientras, el sapo y el Fénix charlaban en voz baja de quién sabe qué asuntos.

El sapo estaba **triste**: ¿por qué?

Me desperté hacia medianoche.

El Fénix se dirigía hacia tierra cuando la cincha de la silla se rompió.

Plumilla y yo nos precipitamos en un torbellino de plumas.

Chillé a pleno pulmón.

—¡Socorroooooooooooooooooooooo!

El sapo gritó:

—¡Trrranquilo, Caballero, caeremos sobre el sotobosque de musgo!

Un instante después rebotamos en el musgo.

¡Poingggggg! ¡Poingggggg! ¡Poingggggg!

El sapo carraspeó:

—Ejem, Caballero, tenemos un problemilla: ¡este bosque está poblado por los **HOMBRES-LOBO**!

Nos rodeó una manada de hombres-lobo con el pelaje erizado como clavos de acero, con los ojos enrojecidos de furia y los colmillos afiladísimos.

El sapo me incitó:

—¡Rápido, Caballero, o seremos el **entremés de los lobos**!

Era medianoche. Nos lanzamos a la carrera hacia una roca brillante y amarilla y finalmente...

Era medianoche en punto.

Dong Dong Dong Dong Dong Dong Dong Dong Dong Dong Dong Dong

Hombres-lobo

Hombres que se transforman en lobos durante las noches de luna llena: mientras aúllan a la luna les crecen los colmillos y el pelo por todo el cuerpo.

¡Puerta del Reino de las Sirenas!
¡Frota sólo la piedra!
Frota esta piedra y... ¡huele!
¡Notarás el perfume del Reino de las Sirenas!

¡Qué aroma a brisa marina!

La laguna encantada de aguas turquesa

Mientras atravesábamos la puerta, el topacio de la cajita se levantó.

Dentro vi brillar una... una pequeña y preciosa *peineta de oro* adornada con topacios.

Oí resonar la nota musical *Re*.

Olí la fresca brisa marina.

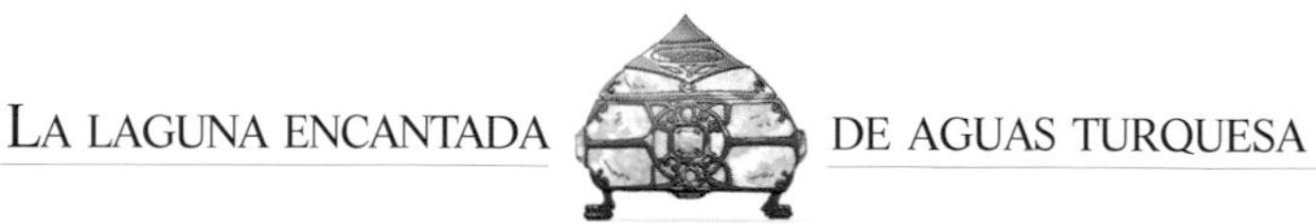

Me encontraba en una laguna de olas turquesa, en el horizonte ondeaban las velas de un galeón... ¿quizá eran piratas?
Trepé a una palmera para ver mejor, pero el galeón ya había desaparecido.
A mis espaldas crecían bananas, mangos, papayas, piñas...
¡Estábamos hambrientos porque en el Reino de las Brujas no habíamos podido comer nada!
Mientras el sapo no paraba de parlotear, nos atiborramos de fruta.

CUIDADO CON EL COC...

Mar

Del mar nació la vida hace 3.000 millones de años. Sus aguas en continuo movimiento son símbolo de nacimiento y de renacimiento. También es símbolo de fecundidad, porque recuerda el seno materno, del que proviene la vida. Pero tiene también un lado oscuro: da miedo cuando sus aguas se agitan en tempestades y de sus abismos insondables surgen monstruos...

Plumilla se tendió debajo de una palmera, frotándose la barriga.

—¡Qué buenos estaban los plátanos! Quizá he comido demasiados... ¡Burp!

Me senté a su lado y le dije:

—¡*Por mil quesos de bola*, qué paz! Finalmente hemos encontrado un lugar tranquilo y relajante. Nada de arañas, de escorpiones, de brujas, ¿qué nos puede suceder en un lugar tan bello como éste? Ja ja jaaa, como máximo... máximo puede caernos un coco en la cabeza, ¡ja ja jaaa!

Justo en aquel instante Plumilla gritó:

—Caballero, cuidado con el coc...

Un coco me cayó en la cocorota.

Me desmayé, pero Plumilla cogió una enorme concha y la llenó de agua fresca que me tiró por encima.

Yo me desperté atragantándome:

—¡¡¡COF COF COF SPLUT!!!

El sapo bufó:

—¡Caballero, estaba justo advirtiéndoos que tuvierais cuidado con los cocos! Sois demasiado **TEMERARIO**, ¿por qué no os ponéis el yelmo?

Yo suspiré resignado:

—*No* tengo yelmo y *no* soy Caballero, cómo tengo que decírtelo...

¡Sólo entonces me di cuenta de que en la concha estaba dibujado el mapa del Reino de las Sirenas!

El sapo me animó:

—Seguidme al fondo del mar, Caballero. Es fácil, facilísimo, ¡como atrapar un mosquito!

Me señaló una escalera de coral rojo que asomaba entre las olas y, desenvuelto, empezó a bajar los escalones.

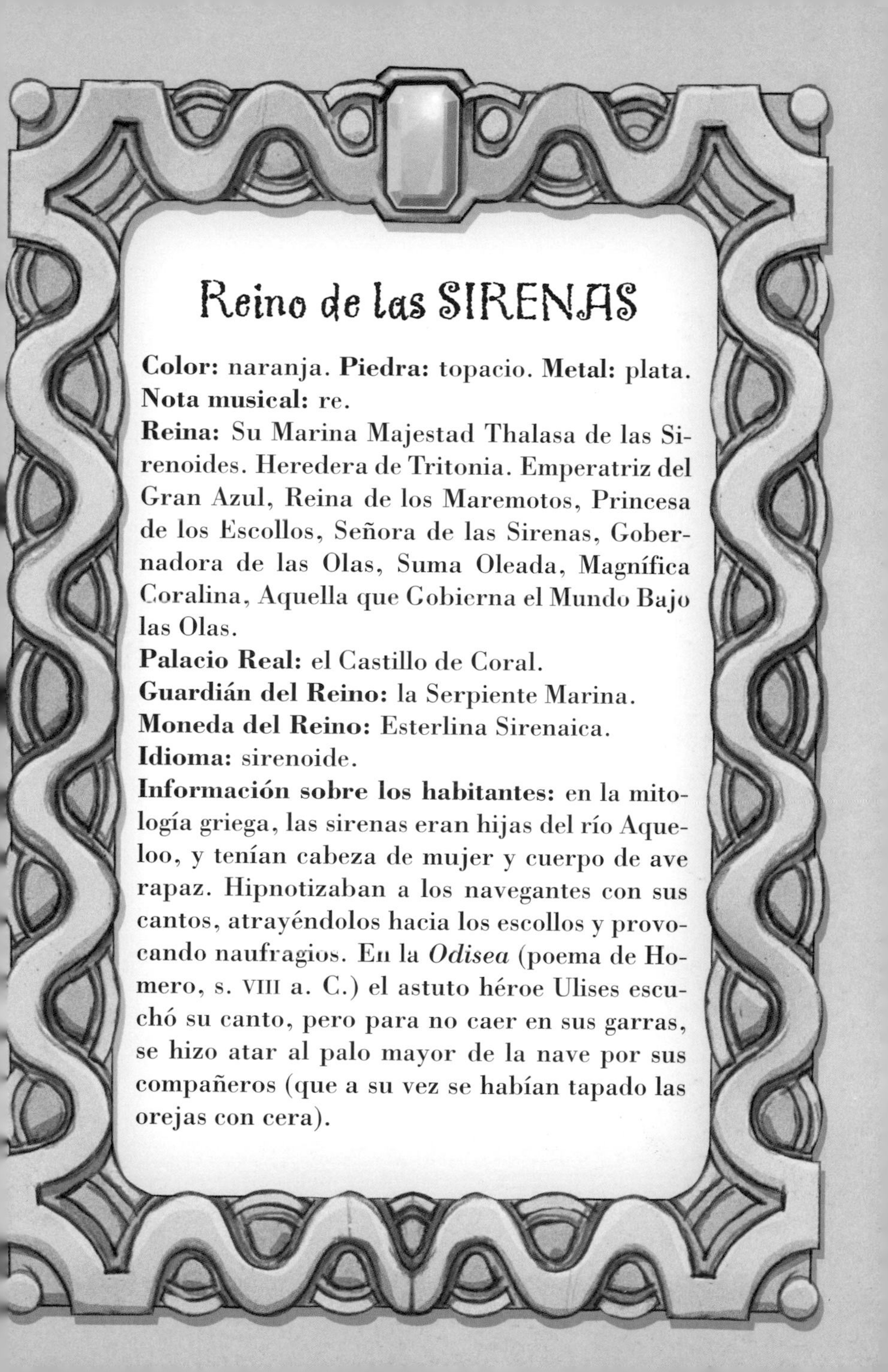

Reino de las SIRENAS

Color: naranja. **Piedra:** topacio. **Metal:** plata.
Nota musical: re.
Reina: Su Marina Majestad Thalasa de las Sirenoides. Heredera de Tritonia. Emperatriz del Gran Azul, Reina de los Maremotos, Princesa de los Escollos, Señora de las Sirenas, Gobernadora de las Olas, Suma Oleada, Magnífica Coralina, Aquella que Gobierna el Mundo Bajo las Olas.
Palacio Real: el Castillo de Coral.
Guardián del Reino: la Serpiente Marina.
Moneda del Reino: Esterlina Sirenaica.
Idioma: sirenoide.
Información sobre los habitantes: en la mitología griega, las sirenas eran hijas del río Aqueloo, y tenían cabeza de mujer y cuerpo de ave rapaz. Hipnotizaban a los navegantes con sus cantos, atrayéndolos hacia los escollos y provocando naufragios. En la *Odisea* (poema de Homero, s. VIII a. C.) el astuto héroe Ulises escuchó su canto, pero para no caer en sus garras, se hizo atar al palo mayor de la nave por sus compañeros (que a su vez se habían tapado las orejas con cera).

Puerta del Reino
1
2
3
4
5
6
7
8
Milla terrestre
0 1 2 3 4 5
Milla marítima
0 1 2 3 4 5
Milla fantástica
0 1 2 3 4 5

Reino de las Sirenas
N
17
12
16
15
14
13
11
10
9
1 - Escalera de coral
2 - Galeón de Barbanegra
3 - Remolino del ahogado
4 - Medusa Gigante
5 - Tiburón negro
6 - Fosa de Neptuno
7 - Fosa del Calamar Gigante
8 - Granbola
9 - Bosque de Algas
10 - Abismo de las Ballenas Blancas
11 - Grancangrejo del Gran Azul
12 - Pico de la Perla Rosa
13 - Castillo de Coral
14 - Serpiente Marina
15 - Cueva de la Morena Asesina
16 - Isla de los Leones Marinos
17 - Atolón con Laguna Interna

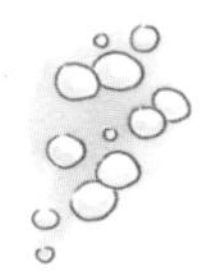

¡HAY UNA SERPIENTE MARINA DETRÁS DE VOS!

Yo me precipité tras él, preocupado.

—Pero ¡yo no puedo respirar bajo el agua, sin oxígeno!

—Esto es el **Gran Azul**, un mar muy especial. Prrrobad a meter la cabeza bajo el agua, Caballero!

Titubeante, metí el morro bajo las olas.

¡Increíble!

¡Podía respirar! ¡Y oía las voces de los peces!

Empecé a bajar los escalones despacio, agarrándome a la barandilla de coral... Plumilla iba brincando desenvuelto, parloteando sin parar, jugando con los delfines, bromeando con los peces payaso, jugando a palmitas con los pulpos, haciéndoles cosquillas a las estrellas de mar...

Yo, en cambio, no me divertía tanto, ¡tenía un **miedo azul**!

El agua se volvió fosforescente: vi brillar el plancton, formado por minúsculas partículas vegetales y pequeños crustáceos que flotaban en el agua. Entonces... vi una amenazadora sombra blanca y negra. ¡Una orca!

Plumilla gritó:

—¡CUIDADO CON ESE PEEEEEEEZ!

Mientras nos escondíamos le expliqué al sapo Plumilla:

—La orca no es un pez, es un mamífero, justo como los delfines, las ballenas, los cachalotes...

La orca ya se había alejado cuando me encontré *morro a morro* con un **tiburón gigantesco**. Sus ojos me miraron amenazadores, mientras nadaba a mi alrededor. No podía sudar porque estaba dentro del agua, pero os garantizo que era *como si sudara*...

¡de puro terror!

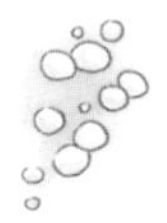

El tiburón murmuró:

—Hum, *nunca* me he comido a un roedor, pero ¡siempre hay una primera vez!

Abrió las fauces, pero yo me escondí detrás de unos escollos.

Él chocó contra ellos.

—¡Ayyy!

Entonces se alejó nadando con el morro totalmente aplastado (es la zona más sensible de los tiburones) sin interesarse más por mí.

Descendimos más y más, hasta que Plumilla gritó:

—¡Caballero, hay una serpiente marina detrás de vos!

Yo me reí divertido.

—Pero ¡si las serpientes marinas no existen!

—¡**Palabra de sapo**, hay una serpiente marina detrás de vos!

—¡Ja ja jaaa! ¡Está de broma, se cree que tengo una serpiente marina detrás!

Mi pata rozó algo.

Me volví lentamente.

¡Detrás de mí había una escamosa...

... horrible...

... terrorífica...

... monstruosa...

serpiente marina

con las fauces abiertas!

TIENES SUEÑO, MUCHO SUEÑO, MUCHO SUEÑOOOOO...

La serpiente marina enroscó su cuerpo largo y sinuoso, recubierto de escamas.

Abrió la boca y vi BRILLAR unos colmillos afilados y una lengua bífida.

Grité:

—¡Somos amigos! ¡Venimos en son de paz!

Ella empezó a nadar en espiral cada vez más rápidamente, mientras sus ojos me miraban hipnóticamente...

La cabeza me daba vueltas. Medabavueltasmedabavueltasmedabavueltasmedabavueltasmedabavueltasmedabavueltasmedabavueltasmedabavueltasmedabavueltas...

Me dio la impresión de haberme vuelto muy pequeño y de que alguien me estaba acunando dulcemente...

¡Tienes sueñooooooooooooooooooooooooooooooooo!

Asombrado, me di cuenta de que *realmente* tenía sueño.

¡Como dormido, vi que la serpiente marina se enroscaba a mi alrededor y me llevaba consigo hacia el mar profundo!

UN CASTILLO DE CORAL ROSA

Cuando nos despertamos nos encontramos frente a un portón de madreperla.

Alcé la mirada y vi un imponente castillo de coral rosa de agujas altísimas... ¡El Castillo de Coral! A nuestro alrededor, un parque de algas multicolores. Una patrulla de caballitos de mar comandada por un tritón nos escoltó hasta un salón tapizado de conchas. Al fondo, dos tronos de madreperla.

Ambos estaban vacíos. En la pista de baile giraba un atún de aire esnob que vestía frac... Estaba dando lecciones de baile a una sirena de ojos azules como el mar y de cabellos resplandecientes como el sol en su ocaso. Las escamas de su larga cola brillaban argentinas.

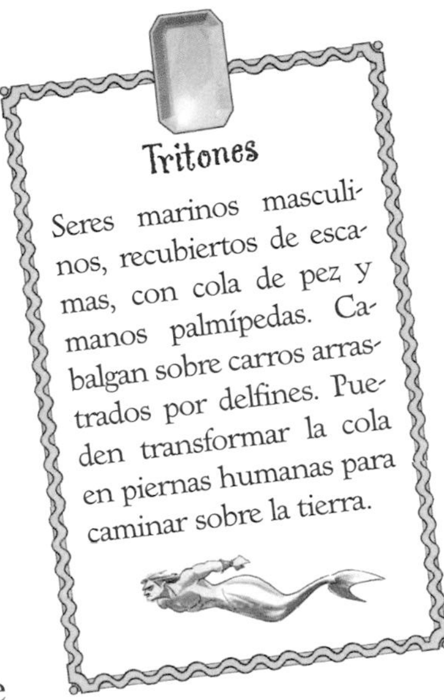

La Reina de las Sirenas dejó de girar al son de las notas del *Vals de la Ballena Blanca*, tocado por una orquestina de sepias. Después se acomodó en su trono, probando golosa un pastelito de **algas** que le había traído un percebe-lacayo.

A su alrededor había una corte de pulpitos, cangrejos, ostras y mejillones que parloteaban ininterrumpidamente.

Intuí que estaban cotilleando sobre nosotros, y sobre mí en particular, porque un pulpito me señaló con un tentáculo:

—¡Aquel Caballero seguro que le gusta a Su Majestad!

Tuve una inspiración: me metí una pata en el bolsillo y agarré la peineta de oro incrustado de topacios.

Aunque estaba lejos del trono, la Reina de las Sirenas gritó en seguida:

—¿Qué tenéis ahí? ¡Veo BRILLAR algo! ¿Es una joya? ¡Dádmela! ¡*Adoro* las joyas!

Hice una reverencia hasta el suelo y le tendí la peineta.

THALASA DE LAS SIRENOIDES

Toda la corte rivalizó en adularla.

—¡Es bellísima, Majestad!

—Es decir, ¡*vos* sois bellísima!

—¡Preciosísima!

Ella los hizo callar con un gesto imperioso: —¡BASTA!

Luego con un pestañeo melindroso me dijo:

—¡Caballero, es un regalo bellísimo! ¿Qué queréis a cambio?

—Majestad, dejadme pasar al Reino de los Gigantes.

Thalasa me miró pensativa, sopesándome de la punta de los bigotes a la punta de la cola. Palmeó con la mano el asiento del trono vacío a su lado.

—Sois demasiado apuesto y valiente para marcharos tan rápido, *querido*. ¡Sentaos aquí!

—¡Habéis cautivado a Su Majestad! —exclamó

el pulpito **EMOCIONADO**—: Si queréis ser el Rey de los Mares ahora es el momento de empezar.

—Yo soy un tipo sentimental, creo en el *Amor* con *A* mayúscula. Y, además, ¡no soporto a las mujeres que no paran de decir *querido*! —Después hice una reverencia—: Me siento honrado por vuestra invitación, pero con vuestro real permiso...

Ella gritó:

—¿No pensaréis que podéis desaparecer así, no?

Yo diré cuándo podéis marcharos. ¡Aquí abajo nunca pasa nada, contadme alguna historia, *querido*!

Comprendí que me convenía obedecer.

—Majestad, ¿os gustaría una FÁBULA?

—¡Oh, sí, una fábula! —trinó ella. Entonces entrecerró los ojos, que se volvieron gélidos—: Pero que sea *realmente bonita*, porque ¡de lo contrario os convertiré en pasto de las **VORACES ALMEJAS CARNÍVORAS**!

¡Slurp!

Plumilla croó asustado:

—¿Cómo cómo cómo cómo? ¿Voraces almejas

LA SIRENITA

De Hans Christian Andersen

Érase una vez... una sirenita de voz dulcísima que vivía feliz en el fondo del mar con sus hermanas. Un día, durante una tempestad, vio entre las olas a un bello príncipe que estaba a punto de ahogarse.

Lo salvó, lo llevó desmayado hasta tierra firme y lo dejó en la playa.

Pero se había enamorado perdidamente...

Desesperada, fue a ver a la malvada Bruja de los Mares, que le propuso:

—Transformaré tu cola de pez en un par de piernas, así podrás caminar por tierra firme e ir a buscar al joven que amas. Pero a cambio deberás darme tu voz y, si el príncipe no se casa contigo en el plazo de un año..., ¡te desvanecerás como la espuma de las olas!

La sirenita estaba tan enamorada que aceptó. Con sus nuevas piernas corrió hasta el castillo del príncipe.

Pero ¡como no tenía voz, no consiguió explicarle que había sido ella quien lo había salvado! Pasó un año y la sirenita era cada vez más infeliz. Estaba a punto de perder toda esperanza... cuando sus hermanas acudieron en su ayuda. ¡Se habían cortado sus larguísimos cabellos dorados y se los habían dado a la Bruja de los Mares a cambio de la voz perdida de la sirenita! La joven, que ahora podía hablar, le explicó al príncipe lo que había ocurrido.

¡Agradecido y enamorado, él la desposó, y los dos vivieron felices y contentos!

carrrnívoras? ¡Ayayayayay! ¡Pobre de mí!

Yo empecé a contar... La Sirena exclamó:

—¡Oh, *querido*, qué historia tan emocionante!

Después me interrogó a ráfagas:

—¿Sabéis bailar el vals? —Ejem, sí.

—¿Sabéis cocinar? —Ejem, sí.

—¿Estáis casado? —Ejem, n

Entonces dijo:

—He tomado una decisión: ¡me caso con este queridísimo ratón y me lo quedo para siempre! Quiero...

...¡y lo quiero todo para mañana!

Una langostita intentó protestar.

—Pero Majestad, para mañana es imposible...

La Sirena sacudió iracunda la cola:

—¡Obedeced!

Nosotros aprovechamos la confusión para huir subiendo la escalera de coral.

Pero la Reina se dio cuenta y chilló:

—¡Volved inmediatamente aquí u os convierto en... sopa de pescado!

UN CORO DE MÁS DE MIL SIRENAS

La Sirena descolgó un teléfono de conchas:

—¿Oiga? ¿Pirata Barbanegra? Un ratón y un sapo están huyendo. ¡Deténlos, sobre todo al ratón! ¡Es una orden!

Los tritones soplaron los Cuernos de la Tempestad:

Cuando comprendió que no podría retenernos a la fuerza, Thalasa empezó a cantar. A ella se unió un coro de más de mil sirenas.

¡Intentamos resistirnos, pero fue inútil!

Debo acudir, la Reina llama...

Antiguo como el mundo
es este mar profundo...
De antigua seducción
es ésta mi canción...
Obedece a tu señora
porque es la dueña de tus horas...
Si mi voz con atención se escucha
inútil será la lucha ...
Si bien me oyes, aquí te quedarás
por siempre jamás...

Tuve una idea. Me arranqué unas tiras de tela de la chaqueta, me tapé las orejas y se las tapé a Plumilla. ¡Así, el canto de las sirenas no podría enloquecernos! Mi truco funcionó y continuamos subiendo la escalera.

Pero, de repente, tropecé. La cajita se deslizó fuera de la mochila y se precipitó hacia los oscuros abismos marinos.

Llegué a la playa llorando.

—¡He perdido la cajita de la Reina de las Hadas!

Una tortuga marina de más de dos metros de diámetro y de media tonelada de peso emergió de las profundidades abisales.

Llevaba en la boca la cajita y la dejó sobre la arena a mi lado.

¿Sabes quién soy?

¡Adivina este caligrama!

Nuestro mágico melodioso misterioso musical al canto hipnotiza, seduce, fascina, encanta, hechiza, embelesa

—¡Mi nombre es Flor de Alga! He reconocido la cajita de Floridiana y quiero ayudaros. Pero ¡apresuraos, el galeón del pirata **BARBANEGRA** os persigue!

—¡Ayayayay, pobre de mí... no bastaban la serpientes marinas y las Voraces Almejas Carnívoras, ahora nos toca enfrentarnos con el pirata Barbanegra... si lo sé no os hago de guía... ya me decía mi abuela Sapita que tenía que cambiar de oficio cuando aún estuviera a tiempo!

¡UN GALEÓN LLAMADO *TERROR*!

—¡Vamos al Reino de las Hadas para salvar a la Reina, que está en peligro! —le dije a Flor de Alga.

La tortuga nos preguntó con timidez:

—¿Puedo ir con vosotros?

—¡Estaríamos muy honrados!

El sapo sugirió, inspirado:

—¡Así seremos tres; y trrres es ya una Compañía! Nos llamaremos... ¿la 'COMPAÑÍA DE LOS HÉROES'?

—¡Noooooo, demasiado pomposo!

—Entonces cómo, ¿la 'COMPAÑÍA DEL CANGUELO'?

—¡Nooooooooooo, demasiado ridículo!

—¿Y la 'COMPAÑÍA DE LOS SOÑADORES'?

—Demasiado banal...

—Pues ¿la 'COMPAÑÍA DE LA FANTASÍA'?

Todos nos estrechamos las patas

—¡*Todos para uno, uno para todos*: VIVA LA COMPAÑÍA!

Pero de repente, un viento **gélido** me hizo temblar los bigotes.

¡Thalasa había provocado una potente tromba marina para destruirnos!

Un tifón levantó por los aires arena, plantas y palmeras y nos arrastró en un remolino.

¿Cuánto tiempo transcurrió? ¿Segundos? ¿Minutos? ¿Horas?

Finalmente la tromba de aire pasó y nos reencontramos en la playa.

¡Flor de Alga se había herido contra un escollo cortante y la herida era profunda!

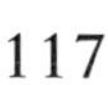

Barbanegra

Pirata del siglo XVIII, se llamaba Edward Teach, pero tenía más de 10 sobrenombres. ¡Andaba siempre con 6 pistolas al cinto... y tenía 14 mujeres! Antes de entrar en batalla se trenzaba las barbas con tiras de tela a las que prendía fuego para aparecer envuelto en humo y aterrorizar así a sus adversarios.

Me arranqué un pedazo de la camisa y la vendé.

Pero justo entonces vimos aparecer un galeón de nombre TERROR.

¡Era el pirata Barbanegra que nos venía persiguiendo!

La tortuga nos cargó a sus espaldas y empezó a nadar hacia la Puerta de Cuarzo Amarillo.

—Es un honor formar parte de la Compañía. Soy anciana de espíritu joven y adoro la aventura. ¡Oh, cuánto me gustaría visitar el Reino donde el aire está perfumado de rosas! Pero nuestros caminos se separan: estoy herida, os retrasaría.

—¡Nunca te abandonaremos!

Ella sonrió con una sonrisa lenta y sabia.

—Gracias por vuestra generosa oferta, pero debo rechazarla por el bien de la Compañía. No

os pongáis tristes. Recordad, todas las noches, cuando la luna esté alta en el cielo, pensad en mí y en ese momento vosotros estaréis conmigo y yo con vosotros, porque...

...¡los corazones de los amigos siempre están cerca!

La tortuga nos señaló una gran piedra amarilla escondida tras las palmeras de un atolón.

—¡Ahí está la Puerta de Cuarzo Amarillo que lleva al Reino de los Dragones!

Era casi medianoche. Debíamos apresurarnos.

Flor de Alga nos acució:

—¡Rápido, traspasad la Puerta!

Angustiados y con el corazón en la garganta...

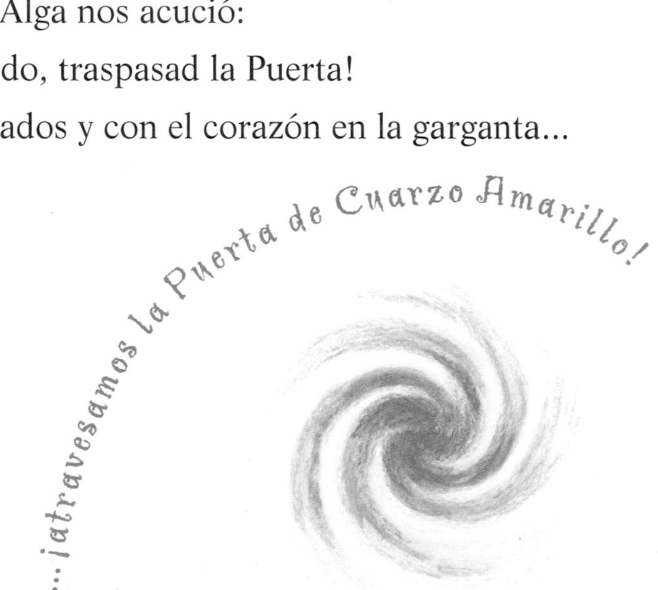

¡Puerta del Reino de los Dragones!

¡Frota sólo la piedra!

Frota esta piedra y... ¡huele!

¡Notarás el tufo del Reino de los Dragones!

¡Qué tufo a humo!

El Río de Lava Hirviente

Mientras entrábamos en el Reino de los Dragones, la cajita trinó una nota musical: *Mi*.

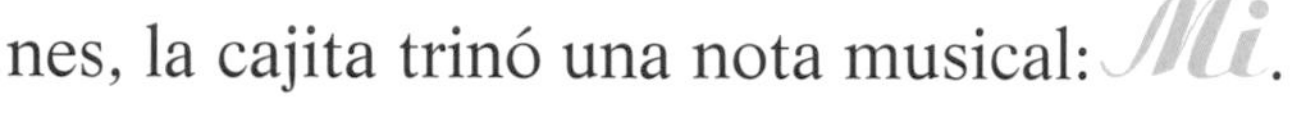

El cuarzo amarillo se levantó y apareció...

¡un diente de oro!

Me encontraba en una árida llanura de piedra gris. Aquí y allá solitarias matas de espinas secas por el sol ardiente.

El aire era seco e irritaba los pulmones. El cielo estaba cubierto por una oscura nube de hollín.

Cada cierto tiempo, la tierra temblaba.

¿Eran **seísmos**?

O quizá **¿erupciones volcánicas?**

Nos sentamos sobre una piedra... es decir, sobre un enorme huevo de dragón, ¡donde estaba dibujado el mapa del Reino!

Reino de los DRAGONES

Color: amarillo. **Piedra:** cuarzo amarillo. **Metal:** oro. **Nota musical:** mi.
Rey: Su Flamante Majestad Tizón III de Flambear, llamado el Incandescente, de la noble dinastía de los Lavardiente, Rey de la Dragonería, Emperador del Desierto de Lava, Marqués del Fuego, Conde de la Combustión, Duque de los Carbonizados, Gobernador del Magma y Señor de las Erupciones. **Palacio Real:** Dragonera.
Guardián del Reino: Monte Trueno.
Moneda del Reino: doblón dráguico.
Idioma: dragonairico.
Información sobre los habitantes: los dragones son reptiles bípedos o cuadrúpedos, a menudo alados, que escupen fuego y que suelen custodiar enormes tesoros. El nombre en griego significa «serpiente». Poseen un sentido de la vista agudísimo. Algunos no duermen nunca. Fueron dragones famosos: Ladón el de las cien cabezas, guardián del Jardín de las Hespérides (donde crecían las manzanas de oro)... Fafnir, combatido por el héroe nórdico Sigfrido... y el dragón Rojo chino Chien-Tang, ¡de trescientos metros de largo! Muchos caballeros, como san Jorge, fueron famosos por haber combatido valientemente a un dragón.

Puerta del Reino
N
1
2
3
4
5
6
7
8
9
0 1 2 3 4 5
Milla terrestre
0 1 2 3 4 5
Milla marítima
0 1 2 3 4 5
Milla fantástica

1 - Huevo con Mapa
2 - Puente Colgante
3 - Río de Lava Hirviente
4 - Cascada Ardorosa
5 - Cementerio de los Dragones
6 - Monte de los Fósiles
7 - Bosque Petrificado
8 - Lago Cocido.
9 - Burgo de los Hipogrifos
10 - Monte Trueno
11 - Colina Ardiente
12 - Volcanes de las Quimeras
13 - Castillo de la Princesa Llamita
14 - Monte Carbón
15 - Géiser
16 - Dragonera
17 - Torre de Control
18 - Pista de Aterrizaje para Dragones Voladores
19 - Bosque de las Guindillas Picantes

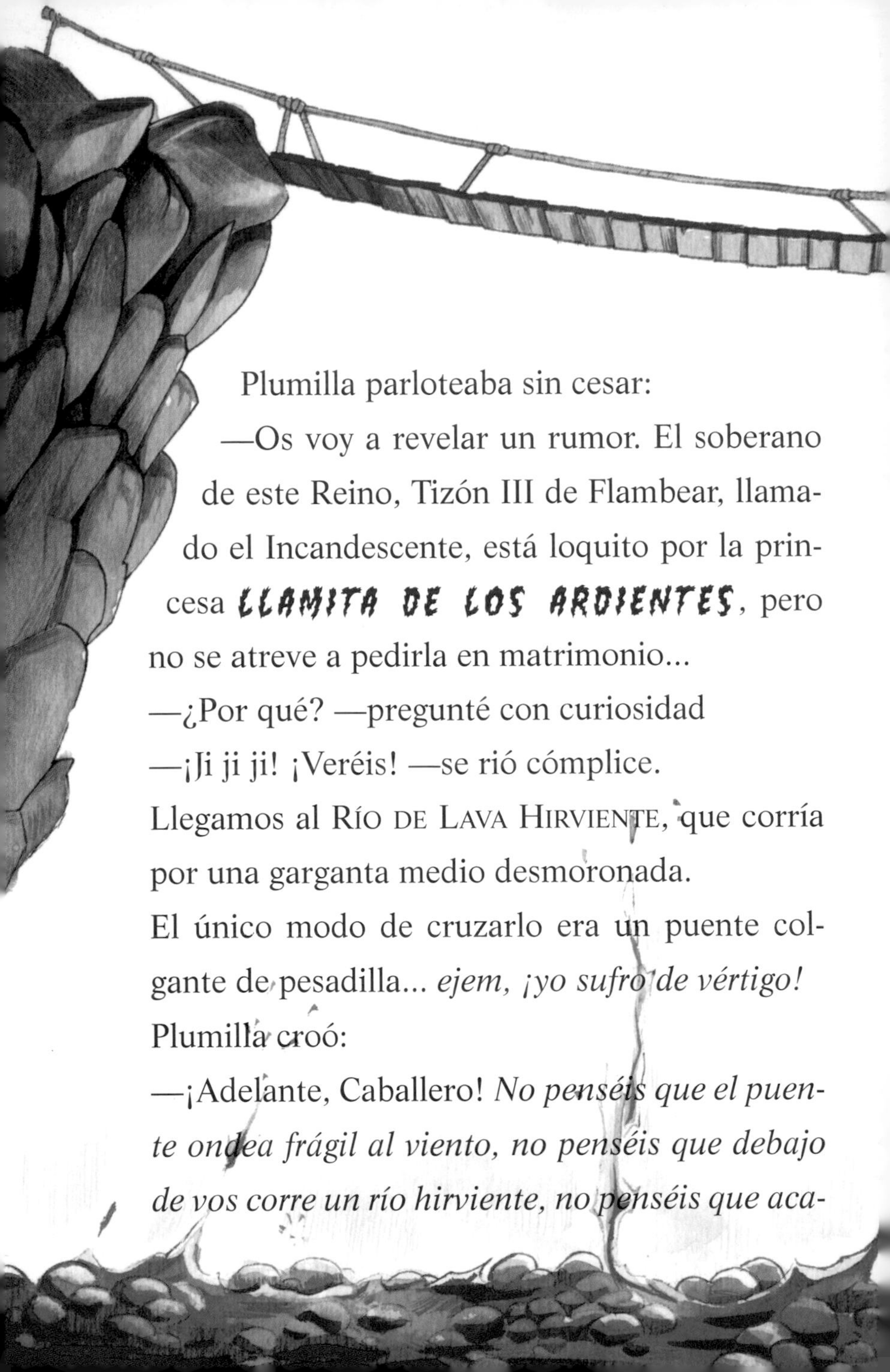

Plumilla parloteaba sin cesar:

—Os voy a revelar un rumor. El soberano de este Reino, Tizón III de Flambear, llamado el Incandescente, está loquito por la princesa **LLAMITA DE LOS ARDIENTES**, pero no se atreve a pedirla en matrimonio...

—¿Por qué? —pregunté con curiosidad

—¡Ji ji ji! ¡Veréis! —se rió cómplice.

Llegamos al RÍO DE LAVA HIRVIENTE, que corría por una garganta medio desmoronada.

El único modo de cruzarlo era un puente colgante de pesadilla... *ejem, ¡yo sufro de vértigo!*

Plumilla croó:

—¡Adelante, Caballero! *No penséis que el puente ondea frágil al viento, no penséis que debajo de vos corre un río hirviente, no penséis que aca-*

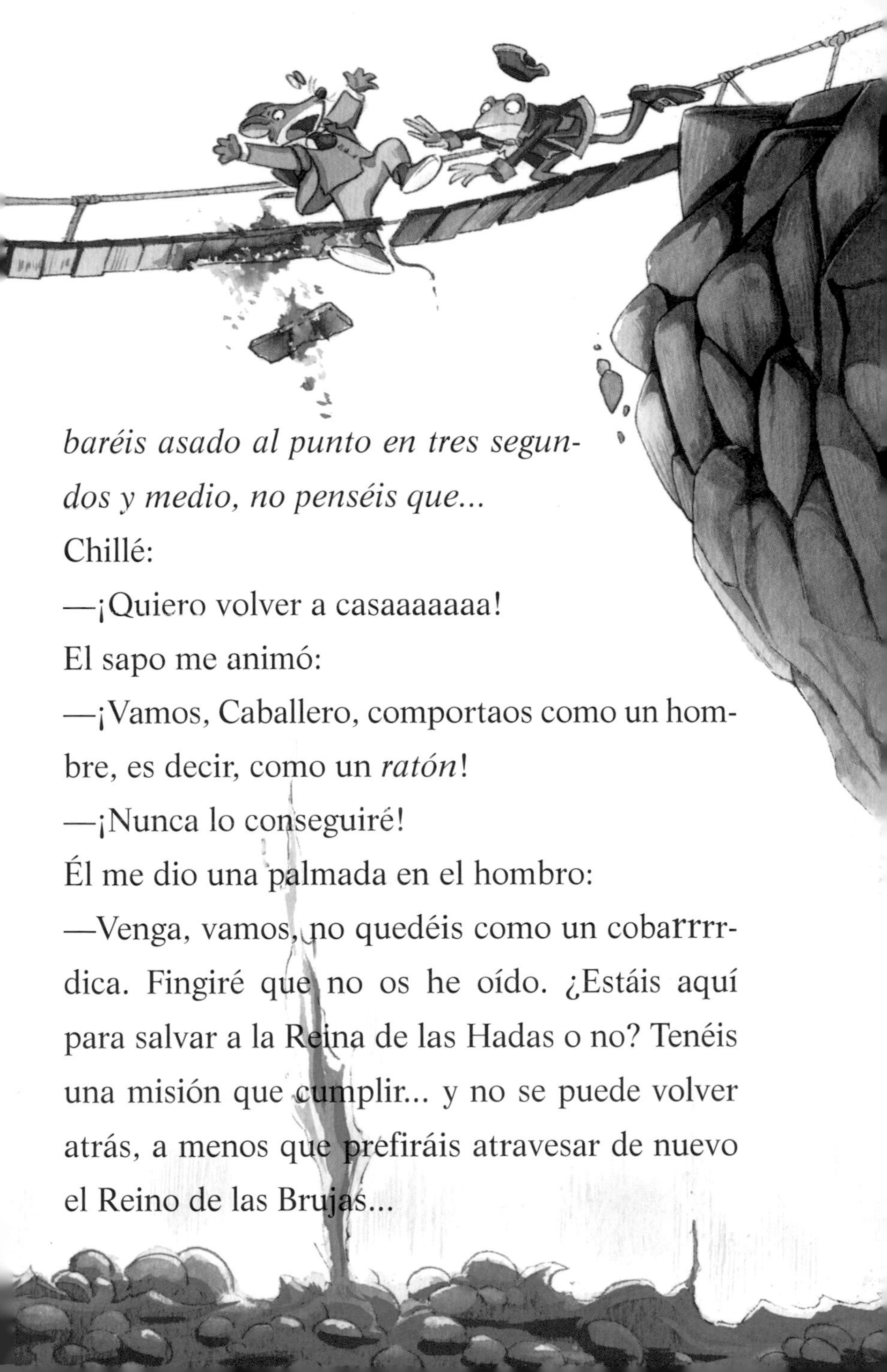

baréis asado al punto en tres segundos y medio, no penséis que...

Chillé:

—¡Quiero volver a casaaaaaaa!

El sapo me animó:

—¡Vamos, Caballero, comportaos como un hombre, es decir, como un *ratón*!

—¡Nunca lo conseguiré!

Él me dio una palmada en el hombro:

—Venga, vamos, no quedéis como un cobarrrrdica. Fingiré que no os he oído. ¿Estáis aquí para salvar a la Reina de las Hadas o no? Tenéis una misión que cumplir... y no se puede volver atrás, a menos que prefiráis atravesar de nuevo el Reino de las Brujas...

Hice acopio de toda mi valentía. ¡La idea de encontrarme de nuevo a Brujaxa era mucho peor que el puente colgante! Con el pelaje erizado de miedo avancé por el puente paso a paso.

Plumilla me recomendó:

—¡No miréis abajo!

¡La cabeza me empezó a dar vueltas, pero el sapo me pellizcó la cola y me recuperé!

Unos pocos pasos más y lo habría conseguido. Pero de repente, la lava salpicó el puente y quemó un travesaño.

Me colé por el agujero hacia el abismo de lava.

—¡Socorroooooooooo! ¡Tengo miedo!

Y cuando ya me veía del todo perdido...

... una pata verdusca me agarró salvándome.

De un salto conseguimos llegar al otro lado, justo cuando el puente se derrumbaba ardiendo.

El sapo garabateó...

El Caballero Sin Mancha y Sin Miedo cabalgó sobre el puente. No sufría de vértigo. Y el miedo nunca había anidado en su corazón...

Luego me guiñó un ojo:

—Esta historia no la contaremos entera, ¿eh, Caballero? Tengo que haceros quedarrr bien, *¡yo soy un amigo!*

Yo estaba emocionado:

—Gracias, Plumilla, tu amistad es preciosa.

Él brincó complacido:

—¿Sabéis qué decía mi abuela Sapita? «QUIEN TIENE UN AMIGO... ¡TIENE UN TESORO!»

Abuela Sapita

La abuela de Plumilla era una artista famosa: ¡era célebre su retrato de la Reina Floridiana!

El secreto de Monte Trueno

Costeamos el terrorífico LAGO COCIDO y la llameante CASCADA ARDOROSA.

Rodeamos el CEMENTERIO DE LOS DRAGONES... lleno de esqueletos y cráneos gigantescos...

Visitamos el **BOSQUE DE LOS FÓSILES**, compuesto por minerales con huellas de plantas y animales prehistóricos. El BOSQUE PETRIFICADO estaba a rebosar de secuoyas de más de 100 metros de altura, ¡petrificadas por los milenios!

Pasamos cerca del BURGO DE LOS HIPOGRIFOS: criaturas fantásticas, cruce entre caballo y águila.

Finalmente mi guía gritó:

—¡El Monte Trueno! Muchas leyendas lo mencionan, pero nadie conoce su secreto, porque...

¡ningún viajero ha pasado nunca al otro lado!

Me detuve al pie de la montaña, compuesta por piedras puestas en equilibrio unas sobre otras. ¡QUÉ EXTRAÑO!

Allí no crecía una sola planta, ni una flor, ni una hierba. ¡QUÉ EXTRAÑO!

Al rozarlas, las piedras producían un sonido hueco. ¡QUÉ EXTRAÑO!

Reflexioné. Monte Trueno... piedras en equilibrio... sonido hueco...

Un pajarito se posó en una piedra y picoteó en la vana búsqueda de un gusano: una decena de piedras rodaron hacia abajo. La montaña **tembló**.

Entonces ¡recordé que en la montaña el ruido puede provocar avalanchas!

¡Para poder superar el Monte Trueno debíamos permanecer *en silencio absoluto*!

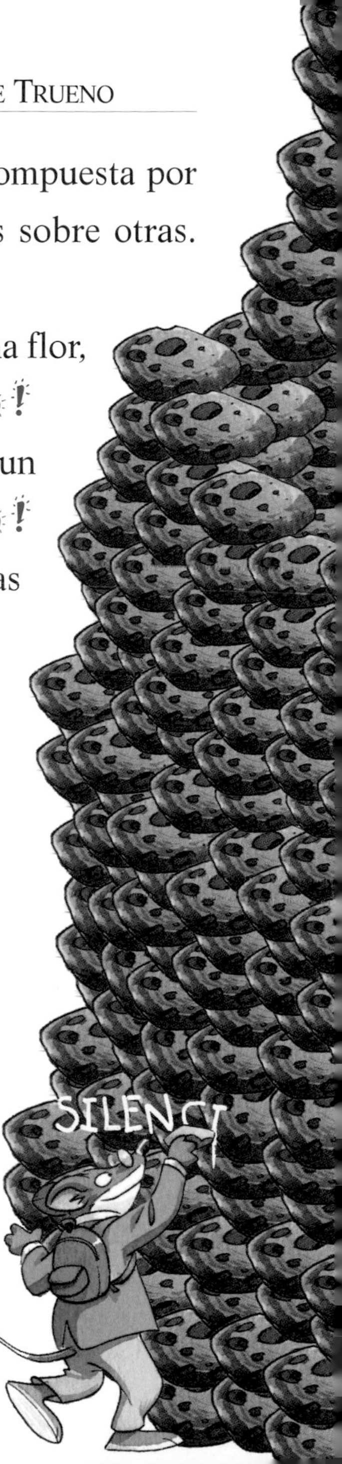

Así que con una piedrecita escribí en las rocas: ¡SILENCIO!

El sapo abrió la boca para pedirme explicaciones, pero se la tapé.

Llegamos a la cima y empezamos a descender por el otro lado, siempre en silencio.

Ya casi estábamos en el valle cuando el sapo estornudó...

¡Sentí la tierra vibrar y oí el ruido de un trueno!

¡patapam! tapam!

Un tremendo alud empezó a caer Monte Trueno abajo. Pero nosotros corrimos a ponernos a salvo.

EL PALACIO REAL DE DRAGONERA

Una lanza me pinchó en las posaderas.

Dos ojos rojos me miraron fijamente: pertenecían a una criatura de escamas verdosas y cola acorazada, con un cuerno en el morro.

¡Era Sulfuro, el jefe de la Drago-guardia!

Abrió las fauces repletas de dientes afilados y expulsó una LLAMARADA que me chamuscó los bigotes.

—¿Quién sois? ¿Y por qué estáis *vivos*? Habitualmente, cuando el monte truena... ¡aquí abajo recogemos albondiguillas!

—Mi nombre es *Stilton* y... —empecé.

—¡Calladito! ¡En marcha! ¡Vamos a la Corte Real! ¡Os conduciré frente a nuestro Real Soberano!

El sol ya se había puesto cuando llegamos a un altísimo volcán que eructaba humo gris...

¡El cielo estaba lleno de dragones voladores que descendían en picado!

Otros dragones despegaban despegaban despegaban por turnos de la boca del volcán.

¡Aquello parecía un aeropuerto!

Vi una **larga** pista de piedra para aterrizajes de emergencia y una torre de control donde un dragón con megáfono chillaba a pleno pulmón.

—¡Derecha! ¡Izquierda! ¡Stop! ¡Acelera! Eh, tú, apártate, ¿no ves que hay dragones que van antes que tú? ¡Y tú, cede el paso, *cabeza de cerilla*!

Entramos por un portón con el escudo de la dinastía de los Lavardiente.

—¡Alto! ¿Quién va?

Sulfuro contestó:

—¡Soy el Jefe de la Drago-guardia! ¡Pido audiencia al Rey!

Siguiendo un pasillo excavado en la roca desembocamos en un gigantesco salón cir-

cular: las paredes estaban pintadas con escenas gloriosas de la historia dráguica.
Una columnata con capiteles monstruosos circundaba la sala.
La estancia estaba iluminada por una lámpara de oro llena de tizones incandescentes.
De una fuente de piedra manaba un hilo de lava ardiendo que recorría la sala en todo su perímetro.
Un dragoncete gordinflas golpeó un gong.

TIZÓN III DE FLAMBEAR

Dragones de aspecto importante estaban sentados a una larguísima mesa (de piedra) puesta con platos (de piedra), vasos (de piedra) y servilletas (de piedra).

Observé al Rey de los Dragones.

Las pupilas le brillaban incandescentes, de las

narices le salía un sutil hilillo de humo. El musculoso cuerpo estaba recubierto de brillantes escamas verdes. En la espalda tenía plegadas las alas, cubiertas de un polvillo dorado. Agitaba nerviosamente la cola acorazada. En el hombro derecho, un tatuaje: el morro de una dragoncita... y la letra *L*, ¡de *Llamita*!

El Rey gruñó:

—¿Quién es? ¿Quién osa molestar?

El Real Chambelán chilló en falsete:

—Extranjeros, inclinaos ante...

¡Su Flamante Majestad Tizón III de Flambear,
llamado el Incandescente,
de la noble dinastía de los Lavardiente,
Rey de la Dragonería,
Emperador del Desierto de Lava,
Marqués del Fuego,
Conde de la Combustión,
Duque de los Carbonizados,
Gobernador del Magma y
Señor de las Erupciones!

Mientras soltaba todos los títulos del Rey, el Chambelán se sopló sobre la cola, ¡en la que se prendió fuego!

¡Corrió de un lado a otro chillando mientras un lacayo lo seguía afanoso, intentando apagarle la cola!

Era un espectáculo divertidísimo y Plumilla se echó a reír:

—¡Ji ji ji!

El Rey rugió amenazador:

—¿Quién es? ¿Quién ríe? *Yo* no me río, así que *nadie* debe reírse, ¿entendido?

Sulfuro hizo una reverencia:

—Estos dos extranjeros, *extraño pero cierto*, ¡han salido *enteros y vivos* del Monte Trueno! ¡Os los he traído como suculento regalo!

Toda la corte exclamó:

—¿Asado de ratón y asado de sapo? ¡Ñam! ¡Venga, hoy cambiaremos de menú!

El rey se rascó el morro.

—Humm...

Comprendí que estaba pensando en otra cosa.

Y me fijé que se tapaba la boca con una pata.

Llamad al Dentista Real

Tizón se quitó la pata de delante de la boca y vi por qué no se reía: le faltaba un diente. ¡Ése era su secreto!

Tuve una inspiración: le ofrecí el diente de oro encontrado dentro de la cajita.

—Traemos un regalo para vos, Majestad.

—¿Un diente? —farfulló Tizón.

Se observó en el espejo.

—Humm, quizá... es posible... a lo mejor... pero... bueno, ¡probcmos!

Se colocó el diente entre los otros... ¡Clac!

—¡Es perfecto! ¡Parece hecho a medida para mí!

Después ordenó:

—¡Rápido, llamad al Dentista Real!

Llegó un dragón color **VERDE BOTELLA**.

El Rey tronó:

—¿Has visto cómo se hace? ¡Inútil! Hace ya demasiados años que te pido que me restituyas mi fascinante sonrisa y que tú me repites que no es posible, que debo resignarme...

El dentista palideció, es decir, se puso **VERDE SALVIA**.

—Creo que voy a ***INCINERARTE***...

El otro se puso **VERDE MANZANA**.

—Pero tienes suerte, hoy me siento bueno. ¿Y sabes por qué? Ahora que ya tengo de nuevo una sonrisa encantadora, como hace años, podré pedir en matrimonio a la dulce Princesa Llamita. ¡Mi Real Corazón está *chamuscado* por ella!

1. Tranquilo... 2. Preocupado... 3. Angustiado... 4. ¡Aterrorizado!

Continuó con el dentista:

—Como castigo me descontarás las facturas dentales de los últimos diez años.

El pobrecito se volvió **VERDE PISTACHO** y se desmayó.

Tizón ordenó al Cocinero Real:

—¡Tráeme en seguida cien kilos de turrón, pienso hartarme de todo lo que no podía comer desde hace tanto tiempo! ¡Y por fin puedo sonreír y reírme! ¡Bufón Real, cuéntame un *chiste*!

—Ejem, Majestad, no me acuerdo de ninguno, hace tantos años que no tengo que haceros reír...

Tizón gritó:

—¿Es posible que esté rodeado sólo de inútiles?

Apuntó su dedo escamoso hacia mí.

—¡Tú! ¡Tú tienes pinta de ser despierto! ¡Apuesto a que sabes algún chiste! Y que sea divertido, ¿entendido?

Aterrorizado improvisé uno.

¡UNA MARCA DE LLAMA!

El chiste no era nada especial, pero el Rey de los Dragones se partió de risa.

¡Ja ja ja! ¡Je je je! ¡Ji ji ji! ¡Jo jo jo! ¡Ju ju ju!

Llamó al Poeta Real:

—Escribe una Carta de Amor a la princesa Llamita, dile que la pido en matrimonio. ¡Que sea una carta ***romántica***, que haga llorar! ¡De al menos diez pañuelos empapados en lágrimas!

El Poeta Real se puso manos a la obra:

—¡Será una carta tan **ARDIENTE** que se quemará al abrir el sobre, Majestad!

Tizón se acordó de mí de repente.

—¡Pide un deseo, te concederé lo que quieras!

Yo hice una reverencia.

—Llameante Majestad, os pido poder atravesar vuestro Reino para ir al de los Duendes.

—¿De verdad quieres ir al Reino de los Duendes? Son insoportables... pero que sea como deseas. Partid. ¡Antes, sin embargo, te daré un salvoconducto!

Posó la garra encima de mi pata.

Oí un chasquido, mientras en el aire se elevaba un olor a pelo quemado.

Lancé un grito, pero Plumilla me hizo callar:

—¡Shhhh, es una MARCA DE LLAMA, la más alta condecoración del Reino de los Dragones!

Tizón se rió, pero no era una risa malvada.

—Quema, ¿eh? Lo sé. Pero me agradecerás lo que te acabo de hacer. ¡Esta Marca Real testimonia que viajas con el permiso del Rey de los Dragones!

Me observé la pata: ahora tenía grabada en ella la marca de un grifo rampante.

MARCA DE LLAMA

A duras penas encontré fuerzas para farfullar:

—Majestad, os agradezco el honor que me concedéis.

Plumilla tenía curiosidad:

—Nunca había visto de cerca una verdadera MARCA DE LLAMA. ¿Qué efecto prrroduce, Caballero?

Murmuré con un hililo de voz:

—¿Que qué efecto produce? ¡El de haber apoyado la pata en una sartén al rojo vivo, y no es un efecto agradable, te lo digo yo!

HISTORIAS DE DRAGONES

Estábamos a punto de partir cuando Tizón soltó un gritó:

—¡Esperad! ¡Adoro las HISTORIAS DE DRAGONES! Si sabéis alguna... ¡os concederé también un guía para que os lleve rápidamente hasta los confines de mi Reino!

Necesitábamos un guía, así que le dije al sapo:

—¡Venga, cuéntale una historia!

—Ejem, no estoy muy prrreparado en cuestión de dragones. ¡Intentadlo *vos*, Caballero!

Beowulf

Poema anónimo anglosajón de alrededor de 3.000 versos que se remonta al siglo VII. Narra la eterna lucha entre el Bien y el Mal: es una gran historia de coraje y amistad, heroísmo y destino... por eso aún hoy está presente en nuestros corazones. Tolkien se inspiró en *Beowulf* para escribir *El señor de los Anillos.*

—Pero ¡*yo* no sé absolutamente nada de dragones!

—¡*Por mil ranas enanas!* ¡Empezad vos, que no se me viene nada a la mente!

—¡*Por mil quesos de bola!* ¡A mí tampoco!

Tizón rugió:

—¡*Por mil ríos de lava!* ¿Me contáis una historia o no me la contáis? ¡Empiezo a cansarme de esperar!

El sapo mintió descaradamente:

—¡El Caballero conoce una espléndida historia de Drrragones digna de vuestras Reales Orejas!

Yo no sabía qué hacer.

Pero de repente, recordé: **¡BEOWULF!**

¡La más fascinante historia de dragones jamás escrita!

Empecé a contar...

Beowulf

Antiguo poema germánico

En un lago de Dinamarca vivía un monstruo llamado Grendel. De noche devastaba el palacio real de Hrogar, rey de los daneses, devorando a sus súbditos.
De una tierra lejana llegó en su ayuda el héroe Beowulf, que se aprestó al desafío con serenidad:
—¡La suerte está echada!
Beowulf le tendió una trampa al monstruo en el palacio: empezó una tremenda lucha en la que Beowulf consiguó arrancarle un brazo. El monstruo, derrotado, desapareció en el lago. El héroe Beowulf partió, aclamado por todo el mundo.
Pero ¡le llegó la noticia de que la madre del monstruo Grendel había llegado al palacio para vengarse!
Entonces Beowulf volvió al palacio y persiguió a la madre de Grendel hasta el lago, donde se sumergió en sus aguas color sangre. ¡En una caverna bajo el agua combatió contra la madre de Grendel y con una espada mágica le cortó la cabeza! Beowulf, cansado pero victorioso, volvió a su tierra, donde lo proclamaron rey.
Pasaron cincuenta años.
También en el reino de Beowulf vivía un monstruo, un dragón que custodiaba un magnífico tesoro, y también, un buen día, empezó a arrasar aldeas y campos...
El viejo Beowulf, a la sazón anciano, se enfrentó valientemente al dragón, acompañado de su fiel amigo Wiglaf.
Fue una lucha tremenda. Beowulf, aunque mortalmente herido por el veneno del dragón, hizo acopio de todas sus fuerzas y combatiendo valerosamente consiguió...

El sapo me susurró:

—Caballero, esta historia acaba *bien*, ¿no?

—¿En qué sentido?

—Vence el *dragón*, ¿no?

—¡No, vence *Beowulf*!

—Entonces, ¡cambiad rrrápidamente de historia, Caballero!

Farfullé:

—Flamífera Majestad, pensándolo mejor, os explicaré otra historia...

Pensé un poco y me di cuenta de que *todas* las historias de dragones que conocía... ¡acababan mal para el dragón!

Finalmente recordé...

En el mundo occidental los dragones morían siempre a manos del héroe, en el mundo oriental, en cambio, eran símbolo de buena suerte.

Tenía que contarle una leyenda oriental, ¡sólo así podría explicar un final bueno para el dragón!

Empecé la narración...

龙

Ideograma chino que significa «dragón».

La princesa de los dragones
Leyenda china

Hace mucho tiempo, en un lejano país... un joven pobre estaba buscando leña en la orilla de un lago de aguas verde esmeralda. De repente, las aguas se abrieron y salió de ellas una joven fascinante que cabalgaba a lomos de un dragón rojo. Ella se peinó su larga melena y después desapareció de nuevo entre las aguas. El joven, perdidamente enamorado, se lanzó al lago y nadó valientemente hasta el fondo de sus aguas. Asombrado, se encontró frente al Palacio de los Dragones de la Suerte, rodeado de tierra seca donde se podía respirar. En la puerta había dos dragones, uno blanco y uno negro.
El dragón blanco le preguntó:
—¿Cuál es la cosa más antigua?
Él respondió:
—¡El tiempo!
El dragón negro le preguntó:
—¿Cuál es la cosa más valiosa?
Él repondió:
—¡La felicidad!
Los dos dragones sonrieron.
—¡Eres joven pero sabio!
Lo condujeron hasta la joven.
—Soy la princesa de los dragones. ¡Hace tiempo que os esperaba, ahora os convertiréis en mi esposo!
El joven volvió a buscar a su anciana madre y la llevó con él al fondo del lago.
La joven ordenó a los dragones:
—¡Que mi esposo y su honorable madre sean cubiertos de seda! ¡Que en sus dedos sean puestos diez anillos de oro! ¡Que un banquete de cien comensales sea preparado para celebrar nuestra felicidad! ¡Que mil músicos alegren sus espíritus!
¡Los festejos empezaron en seguida y continúan aún hoy, en el próspero, feliz y eterno Palacio de los Dragones de la Suerte!

LA PRINCESITA FOSFORITA

—¡Bravooooo! —gritó Tizón. Y después rugió—: ¡Llamad a la princesita Fosforita, mi Real Sobrina!

Llegó brincando una dragoncita de aspecto impertinente. El Rey anunció:

—Fosforita, acompañarás a estos Huéspedes Reales hasta los confines del Reino.

Ella exclamó:

—Guay, Tío Real, ¿entonces no tendré que ir a la escuela? ¡QUÉ SUERTE MÁS ARDIENTE!

—Pero justo cuando llegues a los confines del Reino deberás dar media vuelta y volver, ¿entendido? A propósito, ¿has estudiado geografía?

—¡Oh, sí, mi Real Tío! Lo sé

todo de la geografía de nuestro Reino. ¡Ardo en deseos de partir!

Acompañados por ella, reemprendimos el viaje hacia la Puerta de Esmeralda. El sapo parloteaba feliz.

—¡Con una guía, llegar a tiempo será cosa de croar y cantar!

Yo pregunté:

—Princesa, ¿por dónde iremos?

—Por aquí... por allá... da lo mismo...

—fue su vaga respuesta.

Después de muchas horas, Plumilla preguntó preocupado:

—Pero ¿hacia dónde vamos exactamente?

Fosforita contestó:

—Bueno, más o menos... ¡hacia allá!

Yo pregunté, severo:

—Decid la verdad, princesa, no tenéis ni la más *remota* idea de dónde estamos ni de adónde vamos, ¿no?

Ella sollozó:

—Buuuuaaa, no he estudiado geografía, no sé dón-

¡Es fácil orientarse con las estrellas! En las noches claras, observad el cielo. Para encontrar la Estrella Polar, que siempre señala el norte, haced lo siguiente... Buscad la Osa Mayor (el Carro Grande). A la derecha encontraréis la Osa Menor (el Carro Pequeño): su estrella más luminosa (abajo) ¡es la Estrella Polar!

de estamos. Pero ¡no se lo digáis a mi Real Tío, os lo ruego! ¡Sólo quería saltarme la escuela!

Plumilla croó:

—¡Por mil ranas enanas! ¡Nos hemos perdido!

Yo lo consolé:

—¡Nos orientaremos con las estrellas! La Puerta de Esmeralda se encuentra al norte, así que basta con seguir la Estrella Polar. ¡Ahí está!

Marchamos luchando contra el tiempo, siguiendo las estrellas, hasta que llegamos a una árida llanura de rocas grises, tras las que se veía una gran piedra verde resplandeciente. Corrimos ansiosos hacia allí y...

...¡atravesamos la Puerta de Esmeralda!

¡Puerta del Reino de los Duendes!
¡Frota sólo la piedra!
Frota esta piedra y... ¡huele!
Notarás el perfume del Reino de los Duendes!

¡Qué aroma a hier

esca!

La voz del Mar de Hierba

Entrando en el Reino de los Duendes oí la cajita trinar: *Fa*.

La esmeralda se levantó y vi... ¡**una cuerda dorada**, *fina como un cabello*!

¿Qué sería?

Me encontraba en un mar de hierba que se perdía en el horizonte. Una brisa ligera doblaba los tallos de hierba y las corolas de las flores haciéndolos ondear suavemente.

El aire olía a hierbas aromáticas: menta, salvia y romero.

El sapo bufó:

—¿Dónde está el mapa del Reino de los Duendes? Vaya, qué pésima orrrganización.

Por delante de nuestros morros pasó un ciervo volador de coraza brillante y de largas antenas: en su tripa estaba dibujado el mapa.

Ciervo volador

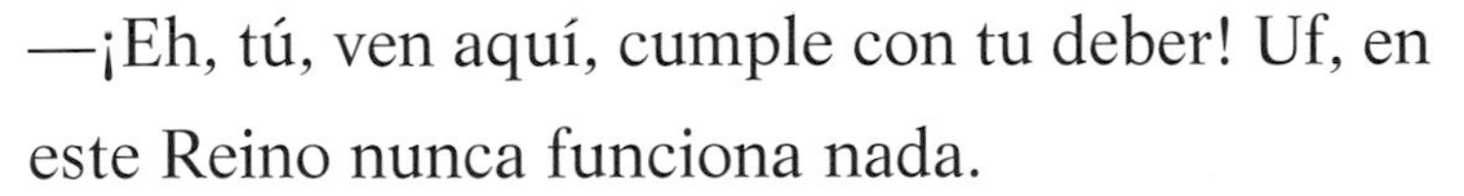

—¡Eh, tú, ven aquí, cumple con tu deber! Uf, en este Reino nunca funciona nada.

Después susurró:

—¡Shh! ¡Escuchad, Caballero, ésa es la voz de la Madre Hierba!

Por un instante me pareció que el viento susurraba...

Cuidado con los duendes...

Con los duendes cuidado...

EL MISTERIOSO LABERINTO VERDE

Desde el punto en que nos encontrábamos partían un sinfín de caminos que se perdían entre la hierba alta.

Fosforita exclamó:

—¡Ooooh, que bonito!, nunca antes había estado en el **Reino de los Duendes**.

—¿No deberías volver atrás, después de habernos

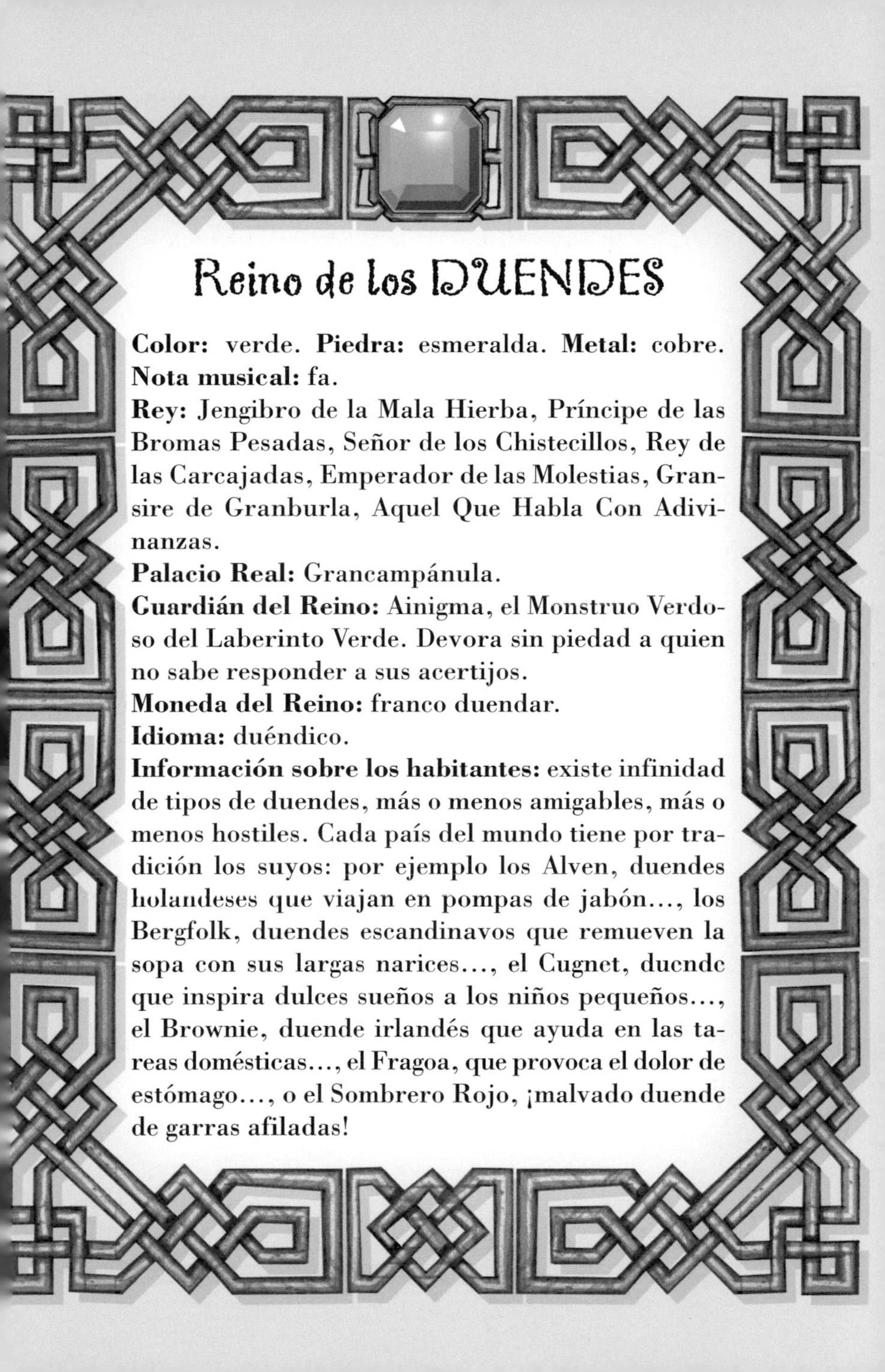

Reino de los DUENDES

Color: verde. **Piedra:** esmeralda. **Metal:** cobre. **Nota musical:** fa.

Rey: Jengibro de la Mala Hierba, Príncipe de las Bromas Pesadas, Señor de los Chistecillos, Rey de las Carcajadas, Emperador de las Molestias, Gransire de Granburla, Aquel Que Habla Con Adivinanzas.

Palacio Real: Grancampánula.

Guardián del Reino: Ainigma, el Monstruo Verdoso del Laberinto Verde. Devora sin piedad a quien no sabe responder a sus acertijos.

Moneda del Reino: franco duendar.

Idioma: duéndico.

Información sobre los habitantes: existe infinidad de tipos de duendes, más o menos amigables, más o menos hostiles. Cada país del mundo tiene por tradición los suyos: por ejemplo los Alven, duendes holandeses que viajan en pompas de jabón..., los Bergfolk, duendes escandinavos que remueven la sopa con sus largas narices..., el Cugnet, duende que inspira dulces sueños a los niños pequeños..., el Brownie, duende irlandés que ayuda en las tareas domésticas..., el Fragoa, que provoca el dolor de estómago..., o el Sombrero Rojo, ¡malvado duende de garras afiladas!

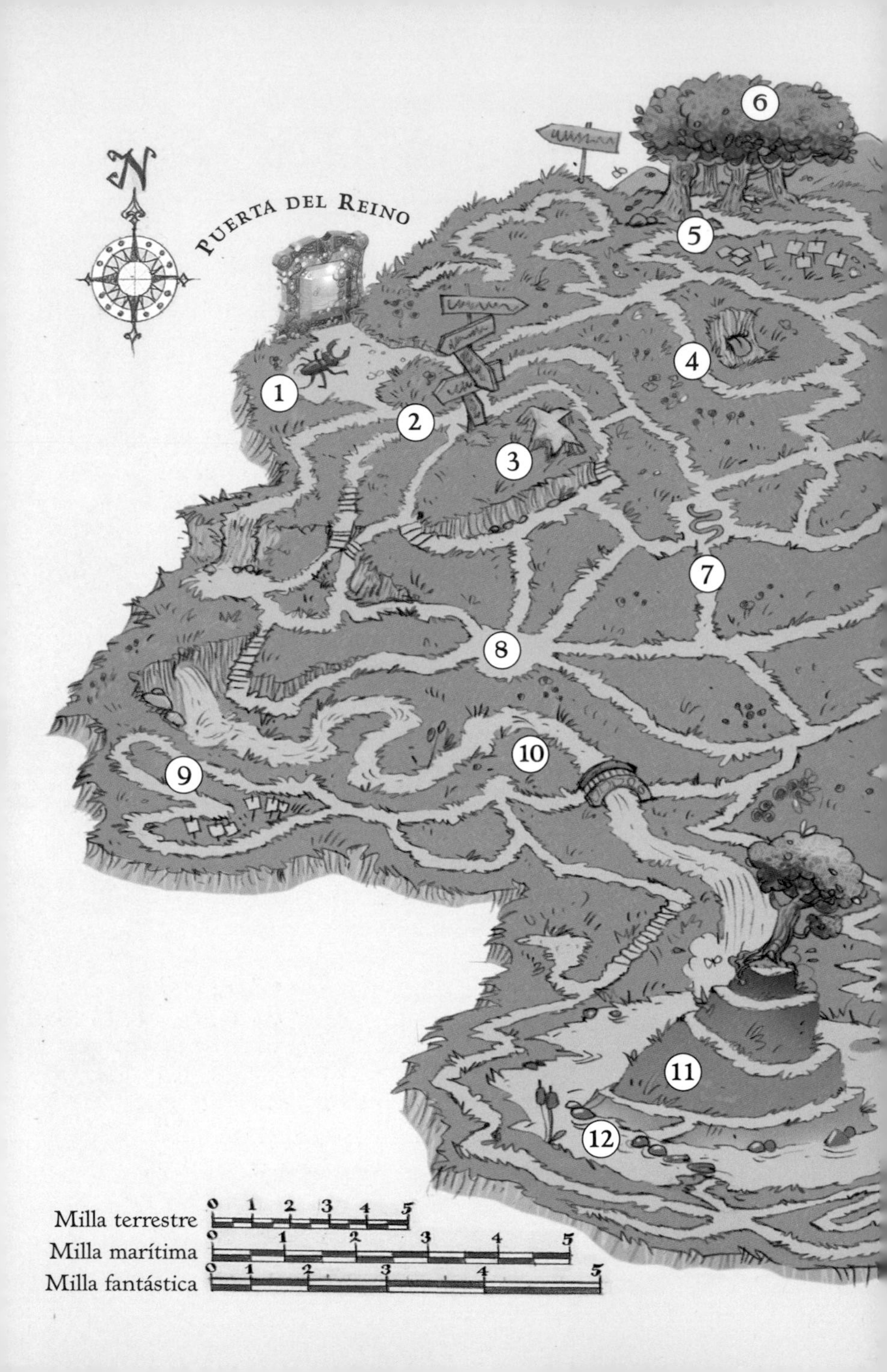
N
Puerta del Reino
1
2
3
4
5
6
7
8
9
10
11
12
Milla terrestre
0 1 2 3 4 5
Milla marítima
0 1 2 3 4 5
Milla fantástica
0 1 2 3 4 5

13
14
Reino de los Duendes
1 - Ciervo Volador
2 - Carteles Liosos
3 - Estrella Adivinadora
4 - Roca Burlona
5 - Campo de los Chistes
6 - Bosque de las Chirigotas
7 - Culebra Traidora
8 - Claro Engañoso
9 - Campo de las Pedorretas
10 - Torrente Impertinente
11 - Isla de las Mentiras
12 - Laguito Chasquito
13 - Laberinto Verde
14 - Grancampánula

acompañado a los confines del Reino de los Dragones? ¿Qué dirá tu tío cuando sepa que no has vuelto a la escuela? —pregunté severo.

El sapo sacudió la cabeza:

—Ah, esta juventud moderrrna. ¡Cuando yo era un renacuajo no era así, me acuerdo bien, claro que me acuerrrrrrrrrdo!

Con una risita inconsciente Fosforita dio media vuelta y salió corriendo. El sapo gritó:

—*¡Por mil ranas enanas comiendo bananas!* ¡Por allí se va al peligrosísimo Laberinto Verde!

Intentamos alcanzarla pero Fosforita ya había entrado en un inmenso laberinto de espinas: era el

.

—¡Socorrooooo! —la oímos gritar—: ¡Me han capturadooooooo! ¡Venid a salvarmeeeeee!

Estábamos a punto de entrar cuando nos fijamos en un cartel:

¡ENTRAD, VAMOS, POR FAVOR!
¡ACOMODAOS!
¡COMO SI ESTUVIESEIS EN VUESTRA CASA!
POR AQUÍ O POR ALLÍ,
LO IMPORTANTE ES QUE... ENTRÉIS,
TODO EL MUNDO PUEDE ENTRAR,

¡TODO EL MUNDO SABE ENTRAR... PERO NADIE SABE SALIR!

Plumilla susurró:

—¡Ayayayay, qué peligroso! ¡Cuidado, Caballero, leed hasta el final!

En letras muy pequeñas había escrito:

¡TODO EL MUNDO SABE ENTRAR... PERO NADIE SABE SALIR!

A pesar del miedo decidimos entrar para salvar a Fosforita.

Giramos a la derecha y después a la izquierda y después a la derecha y a la derecha otra vez y después a la izquierda y después a la derecha y a la izquierda hasta que... ¡perdimos completamente la orientación!

El Torneo de los Enigmas

Finalmente llegamos al centro del Laberinto: en el medio había un pozo del que salía un delgado hilo de humo. En una jaula de ramas estaba encerrada Fosforita, que gritó desesperada:

—¡Ayudadme, amigos!

—Ahí debajo vive **Ainigma** —susurró el sapo—, el Monstruo Verdoso que custodia el Laberinto. Nos dejará marchar sólo si respondemos bien a sus acertijos. ¿Sois bueno con las adivinanzas, Caballero?

Del pozo salió una pata verde y una voz siseó la primera pregunta...

Enigma

Pregunta, a menudo en verso, de difícil repuesta. Célebres fueron los enigmas de la Esfinge de Tebas. La Reina Turandot, por su parte, planteaba enigmas a los pretendientes que querían desposarla; si fallaban, los condenaba a muerte sin piedad.

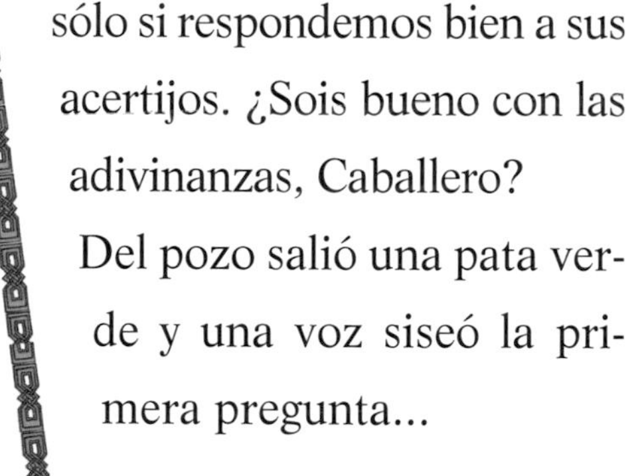

¿Qué es eso tan deseado...
que cuando se obtiene, uno se olvida?

Todos lo saben abrir, nadie lo sabe cerrar. ¿Qué es?

No es la luna, no es una estrella,
pero ilumina los campos. ¿Qué es?

¿Qué es lo que desciende siempre de la nave
lo primero, antes...
que el pasaje y antes que el capitán?

¿Qué es caliente pero es fresco?

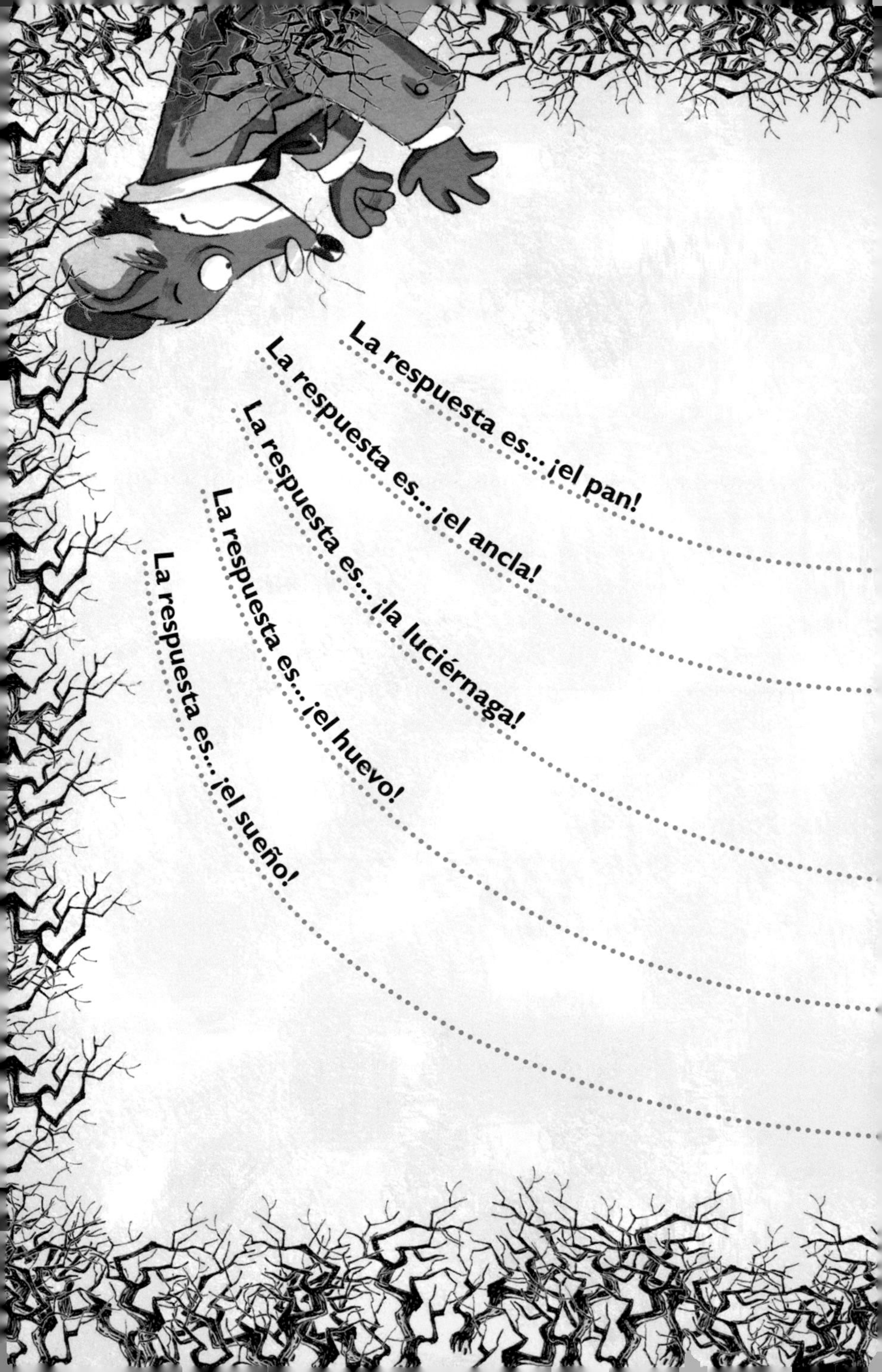
La respuesta es... ¡el pan!
La respuesta es... ¡el ancla!
La respuesta es... ¡la luciérnaga!
La respuesta es... ¡el huevo!
La respuesta es... ¡el sueño!

La Feria de las Ilusiones

El monstruo me planteó también una serie de ilusiones ópticas. ¡Qué extrañas eran! Pero ¡también conseguí superar con éxito esa prueba!

Estos dos arcos son igual de largos... ¡aunque no lo parezca!

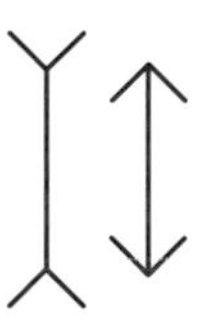

Estas dos líneas son igual de largas... ¡aunque no lo parezca!

Las dos líneas horizontales son igual de largas... ¡aunque no lo parezca!

¿Te parece que hay un triángulo negro en el centro? ¡Sólo es una ilusión óptica!

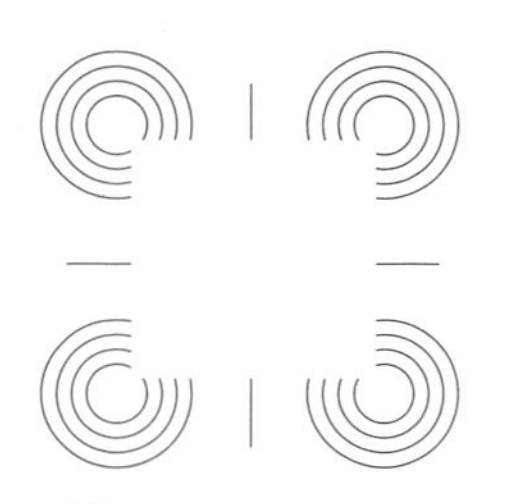

¿Te parece que hay un cuadrado blanco en el centro? ¡Sólo es una ilusión óptica!

¿Ves un cáliz blanco... o ves dos perfiles negros de hombre? Una ilusión óptica.

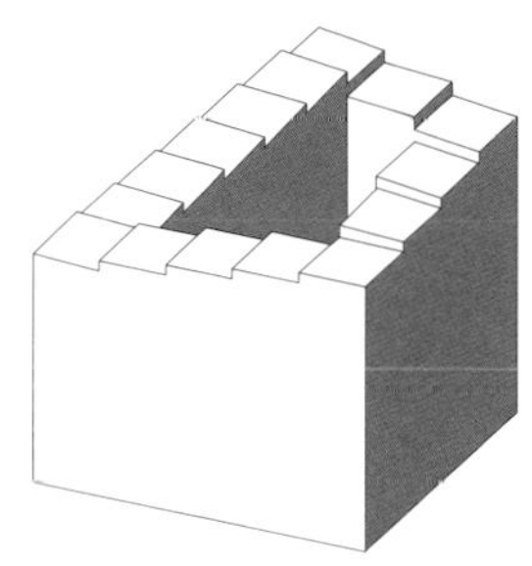

¡Intenta seguir los escalones y te parecerá que siempre estás descendiendo!

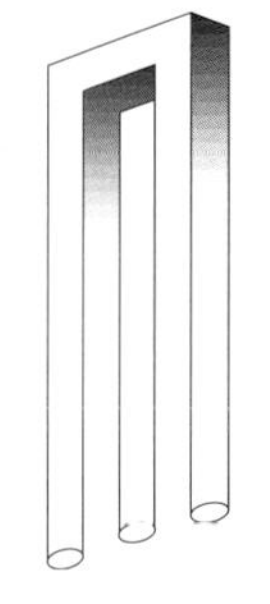

¡Parece que este objeto tenga tres puntas!

Las tres esquinas de este objeto parecen estar en el mismo plano. ¡Imposible!

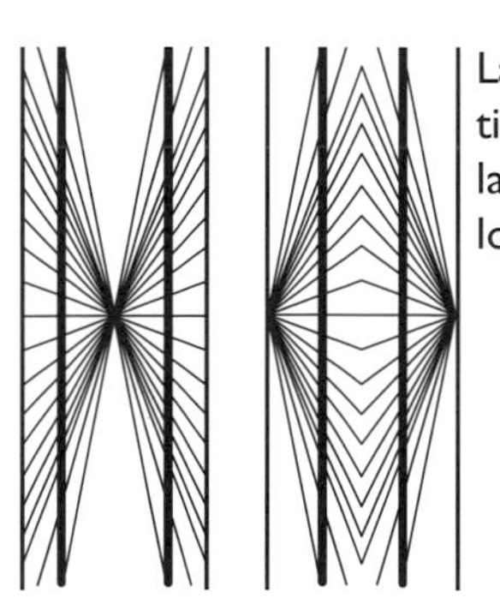

Las dos líneas verticales son paralelas... ¡aunque no lo parezca!

Las líneas diagonales blancas son paralelas.... ¡aunque no lo parezca!

La apuesta del Trabalenguas

El monstruo me retó también a una tremenda competición de trabalenguas, pero ¡también vencí!

Tres tristes tigres trascan trigo en un trigal.

Pablito clavó un clavito en la calva de un calvito.
En la calva de un calvito, un clavito clavó Pablito.

Si cien sierras sierran cien cipreses, seiscientas sierras sierran seiscientos cipreses.

Curro corre por el cerro tras el carro.

Un burro comía berros y un perro se los robó, el burro lanzó un rebuzno y el perro al barro cayó.

La sardinera sacó para asar sesenta sardinas secas; sesenta sardinas secas, secadas solas al sol.

—Come coco, compadre, compre coco.
—No compro coco, compadre, porque el que poco coco come poco coco compra.

¡Saca el saco de sal al sol que se seque!

Ainigma liberó a Fosforita y nos dejó salir del Laberinto. ¡La dragoncita nos lo agradeció emocionada!
Plumilla preguntó solemne:
—¿Quieres formar parte de la *Compañía de la Fantasía*? ¡Contigo seremos cuatro! Yo, el Caballero, tú... y Flor de Alga. La sabia tortuga no está aquí con nosotros, pero ¡siempre está presente en nuestros **corazones**!
Partimos de muy buen humor hacia el Palacio Real de los Duendes, pero pobres de nosotros, tras una hora de camino nos encontramos de nuevo en el punto de partida... ¡Los Carteles Liosos nos habían engañado! ¡Se movían de un lado a otro con el más mínimo soplo de brisa!
El sapo bufó:
—Aquí no existen las certezas, todo son opiniones. No viviría aquí ni aunque fuese el último lugar que quedase en el Reino de la Fantasía.
De repente vi miles de sombras verdes entre la hierba...

Jengibro de la Mala Hierba

¡Habíamos llegado a Grancampánula, el Palacio Real de los Duendes Burlones! Vi a un ser de la altura de una judía verde que lucía una gran sonrisa burlona. Llevaba babuchas de corteza y un sombrerito con campanitas: el Rey, **¡Jengibro de la Mala Hierba!**

—¡Sois unos tontolinos con cara de pingüinos!

Plumilla sacudió la cabeza:

—¡Vaya, no se le entiende una sola palabrrrra!

Jengibro, riéndose, habló de nuevo:

—Me gusta tomaros el pelo,

parapapà parapapelo.

Jengibro escribió unas palabras en un papel y me lo agitó ante los morros.

—¡De los duendes soy el Rey, uno dos y tres!

La Corte de los Duendes Burlones
compuesta por los Burlones Consejeros del Rey.

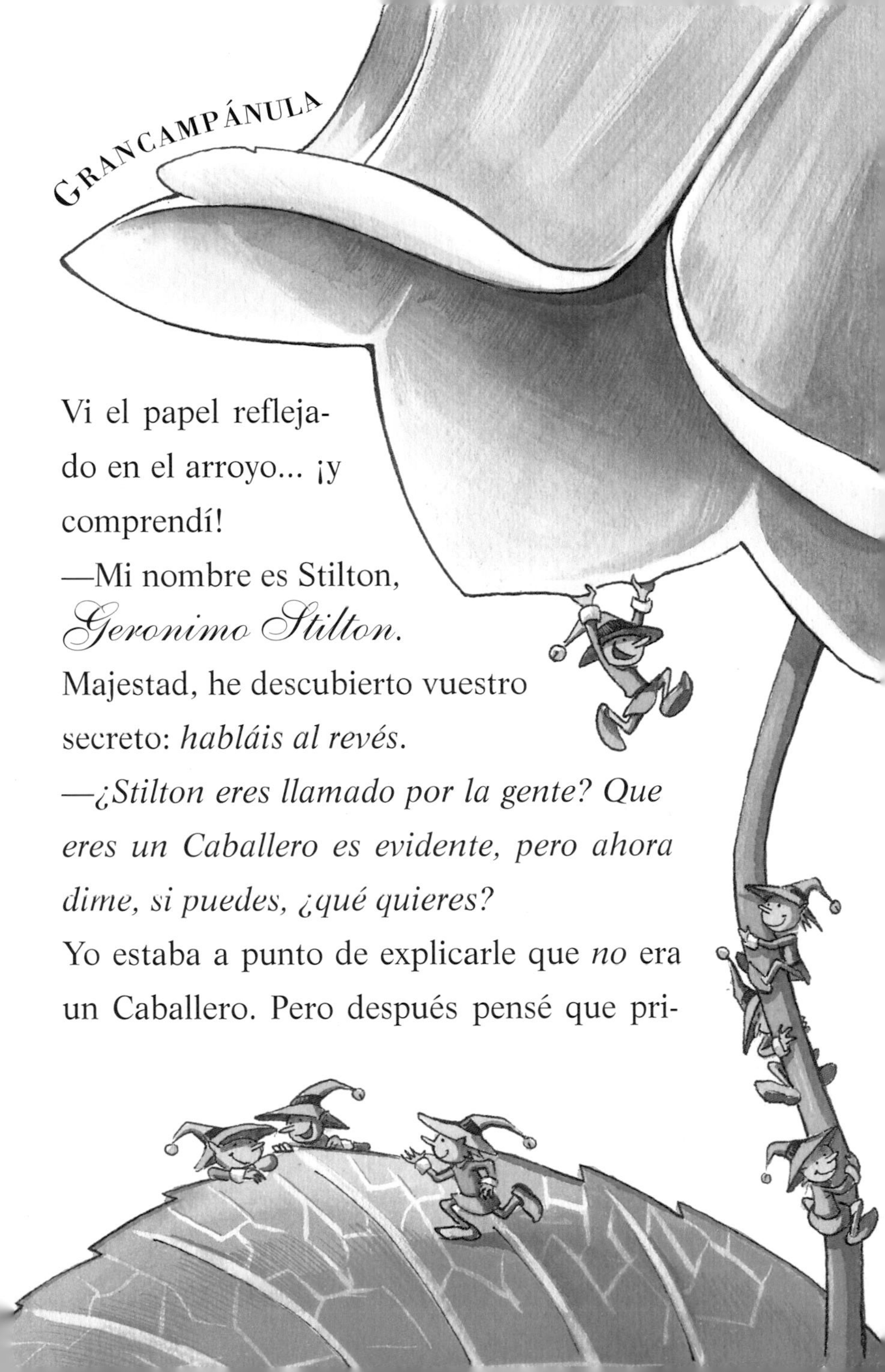

Vi el papel reflejado en el arroyo... ¡y comprendí!

—Mi nombre es Stilton, *Geronimo Stilton*. Majestad, he descubierto vuestro secreto: *habláis al revés*.

—¿Stilton eres llamado por la gente? Que eres un Caballero es evidente, pero ahora dime, si puedes, ¿qué quieres?

Yo estaba a punto de explicarle que *no* era un Caballero. Pero después pensé que primero me convenía darle lo que había encontrado en la cajita, así que le di la cuerda dorada. Al duende le brillaron los ojos. Colocó la cuerda en un violín minúsculo y empezó a tocar:

—*¡Zin zin zinnn!*

¡Yo sentí un irrefrenable deseo de ponerme a baila

El Rey nos tuvo bailando durante una hora y sólo cuando se cansó del cruel juego dejó de tocar el violín. Yo le expliqué apresurado:

—La Reina de las Hadas está en peligro. ¡Majestad, debo dejar vuestro reino lo antes posible!

El duende gritó de mal genio:

—*¡Que tú abandones mi reino no permitiré! ¡Uno, dos, tres!*

El sapo susurró preocupado:

—Desafortunadamente, el Rey siempre hace lo contrario de lo que se le pide.

Entonces añadí en voz alta:

—Lo cierto es que queremos quedarnos en vuestro reino el máximo tiempo posible, no tenemos **ningunísima** intención de ir a salvar a Floridiana, más bien queremos tomarnos unas larguísimas vacaciones aquí, en Grancampánula, y...

Jengibro chilló enfadadísimo:

—*¿De verdad queréis quedaros? Entonces ¡os apremio a marchar! ¡Es más, un guía os acompañará hasta que mi Reino dejéis atrás! ¡Rápido, que venga un guía de tamaño mediano, que de vista quiero perder a este fulano!*

¡El sagaz plan del sapo había funcionado!

¡HOY ME LLAMO TRIC!

El duende que debía servirnos de guía se acercó brincando. Yo le dije cortés:

—¡Bienvenido a la *Compañía de la Fantasía*! ¡Contigo somos cinco! ¿Cómo te llamas?

Él respondió con expresión pícara:

—*Nosotros los duendes una costumbre tenemos: ¡cada día nuestro nombre cambiamos! Hoy me llamo* **TRIC**. *Mañana quizá* **CRIC**, *o quizá* **BRINCATAPIAS**, *o a lo mejor* **PISACACAS** *o* **CARAHUEVO** *o* **CATACRIC** *o ¿qué te parece* **PLOF**? *¿Y* **CATAPLOF**? *¿***REQUETEPLOF***?*

La dragoncita le preguntó:

—Perdona pero... ¿por dónde está la Puerta de Zafiro?

El duende le respondió impertinente:

Por aquí... por allá... ¿qué diferencia habrá?
Átate fuerte las zapatillas porque te diré
unas cuantas mentirijillas...

Fosforita le lanzó una llama:

—¿Cómo te atreves? ¡Yo soy de estirpe real! ¡A que te incinero, verdusco!

—¿Estirpe real? Pero qué frivolidad,
¿pretendes que te llame Majestad?
¡Más que una dragoncita pareces una patata frita!
¡De todas las princesas tú debes de ser
la que más pesa!

El Árbol de los Duendes

El duende brincaba de aquí para allá, lanzando maliciosas miradas de reojo.

Después desapareció escondiéndose tras las hojas de una encina. Entonces oí muchísimas voces maliciosas: en la encina había muchísimos duendes escondidos *(y vosotros ¿podéis verlos? ¡Son siete!)*.

Tric canturreó:

–¡Soy más listo que tú, tururú!

Y saltó del árbol haciendo una pedorreta:

–¡Prrrrrtt!

Pero el sapo lo capturó bajo su sombrero.

¡Te pillé, listillo!

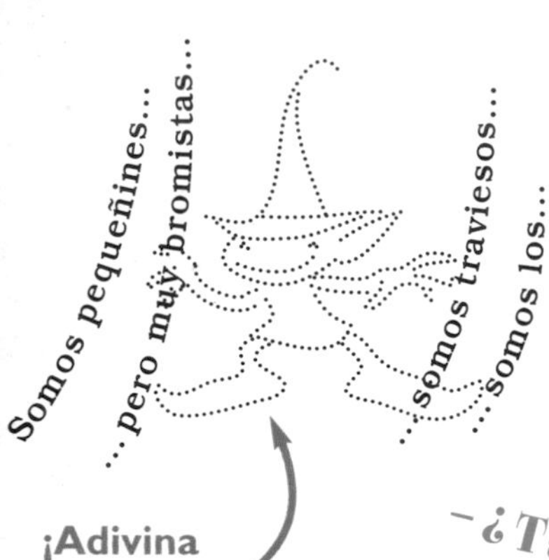

¡Adivina este caligrama!

Plumilla chilló:

—Venga, habla: ¿dónde está la Puerta de Zafiro?

El duende hizo una cabriola, una mueca y una pedorreta. Finalmente se rió:

—¿Tanto la queréis? Pues ¡abrid bien los ojos, que en vuestras narices la tenéis!

Y señaló una gran seta bajo una encina.

Plumilla estaba indignado.

—¡Quééééé! ¿La Puerrrta estaba aquí al lado y tú no nos has dicho nada hasta ahora?

Mientras yo intentaba poner paz...

...¡atravesamos la Puerta de Zafiro!

Frota esta piedra y... ¡huele!

¡Notarás el perfume del Reino de los Gnomos!

¡Qué aroma a fresas!

El Fantástico Bosque Feliz

Emergimos en un campo de fértil tierra labrada.

La cajita trinó una nota musical: *Sol*.

¡El zafiro se levantó y vi dos pequeñísimas alianzas matrimoniales de oro!

Me tumbé: siempre me ha gustado el olor de la tierra recién arada.

¡Cuánta energía transmite la tierra!

Mi abuela, que vive en una granja en las colinas de Ratonia, me ha enseñado a amar la tierra y a agradecerle lo que nos ofrece.

Penetramos en un bosque otoñal. El aire olía a setas, miel y... ¡fresas! Tras las hojas brincaban liebres y corzos. Por los caminos correteaban erizos y ardillas royendo avellanas. ¡Colgado de un árbol podía consultarse el Mapa del Reino de los Gnomos!

Vagué encantado entre los árboles mientras las HOJAS doradas crujían bajo mis patas. Los cuatro nos adentramos en el bosque.

¡Cric cric cric cric cric cric cric cric cric cric cric cric!

Recogimos arándanos, moras y frambuesas y nos dimos un atracón.

Bajo un castaño, vimos una fresa **gigante**.

¡Qué bien olía!

Pero ¡apenas la rozamos, una enorme red nos capturó levantándonos por los aires!

Después, la red empezó a desplazarse velocísima a través del bosque.

El sapo, mientras tanto iba parloteando.

—¡No tengáis miedo, ésta es la Máquina Atrapacuriosos! Nos lleva al Palacio Real de los Gnomos! ¡Veréis qué sabios son! ¡Y qué hospitalarios! ¡Y qué bien se come en el País de los Gnomos! *Bla bla bla... bla bla bla... bla bla bla...*

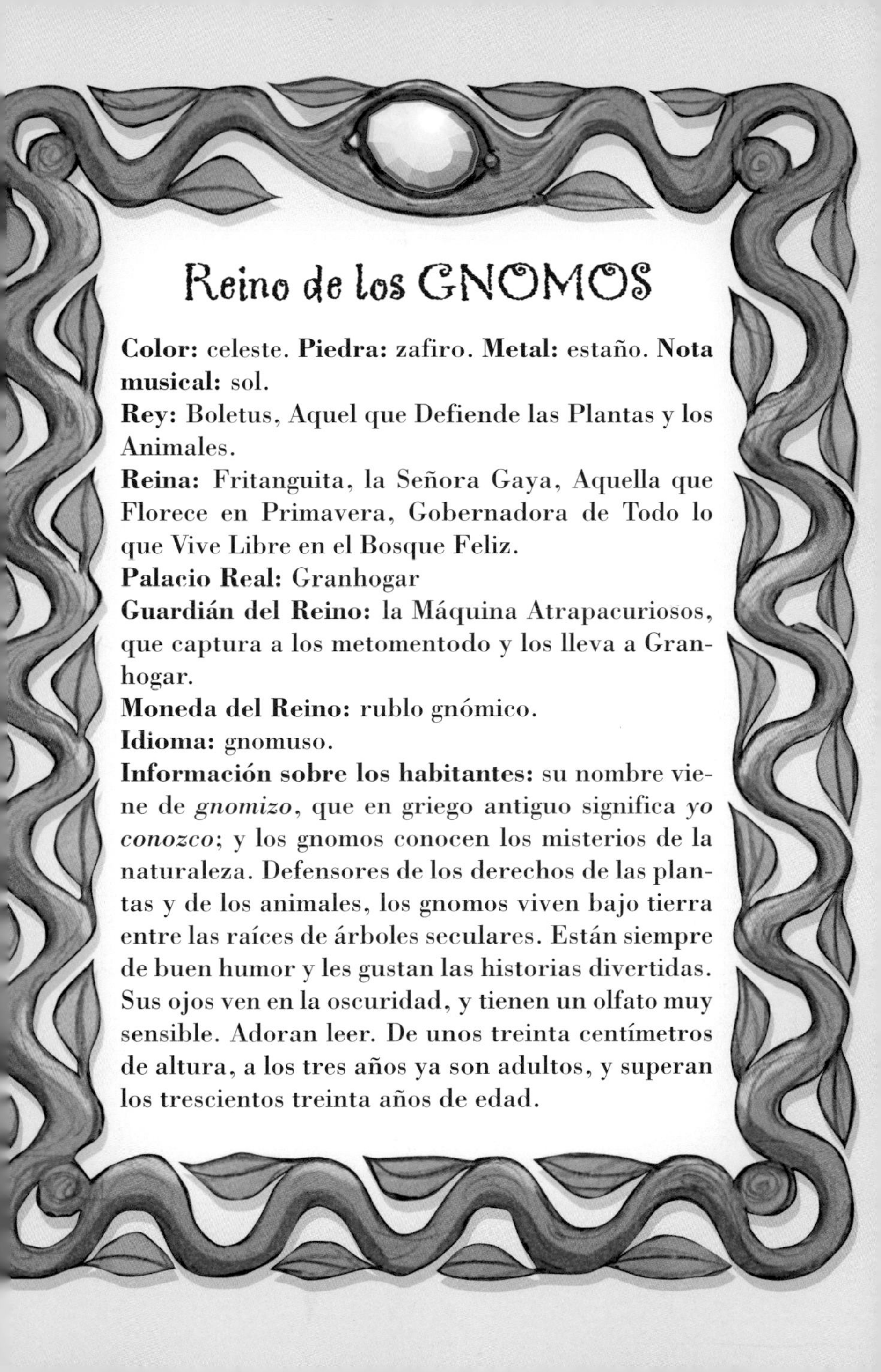

Reino de los GNOMOS

Color: celeste. **Piedra:** zafiro. **Metal:** estaño. **Nota musical:** sol.
Rey: Boletus, Aquel que Defiende las Plantas y los Animales.
Reina: Fritanguita, la Señora Gaya, Aquella que Florece en Primavera, Gobernadora de Todo lo que Vive Libre en el Bosque Feliz.
Palacio Real: Granhogar
Guardián del Reino: la Máquina Atrapacuriosos, que captura a los metomentodo y los lleva a Granhogar.
Moneda del Reino: rublo gnómico.
Idioma: gnomuso.
Información sobre los habitantes: su nombre viene de *gnomizo*, que en griego antiguo significa *yo conozco*; y los gnomos conocen los misterios de la naturaleza. Defensores de los derechos de las plantas y de los animales, los gnomos viven bajo tierra entre las raíces de árboles seculares. Están siempre de buen humor y les gustan las historias divertidas. Sus ojos ven en la oscuridad, y tienen un olfato muy sensible. Adoran leer. De unos treinta centímetros de altura, a los tres años ya son adultos, y superan los trescientos treinta años de edad.

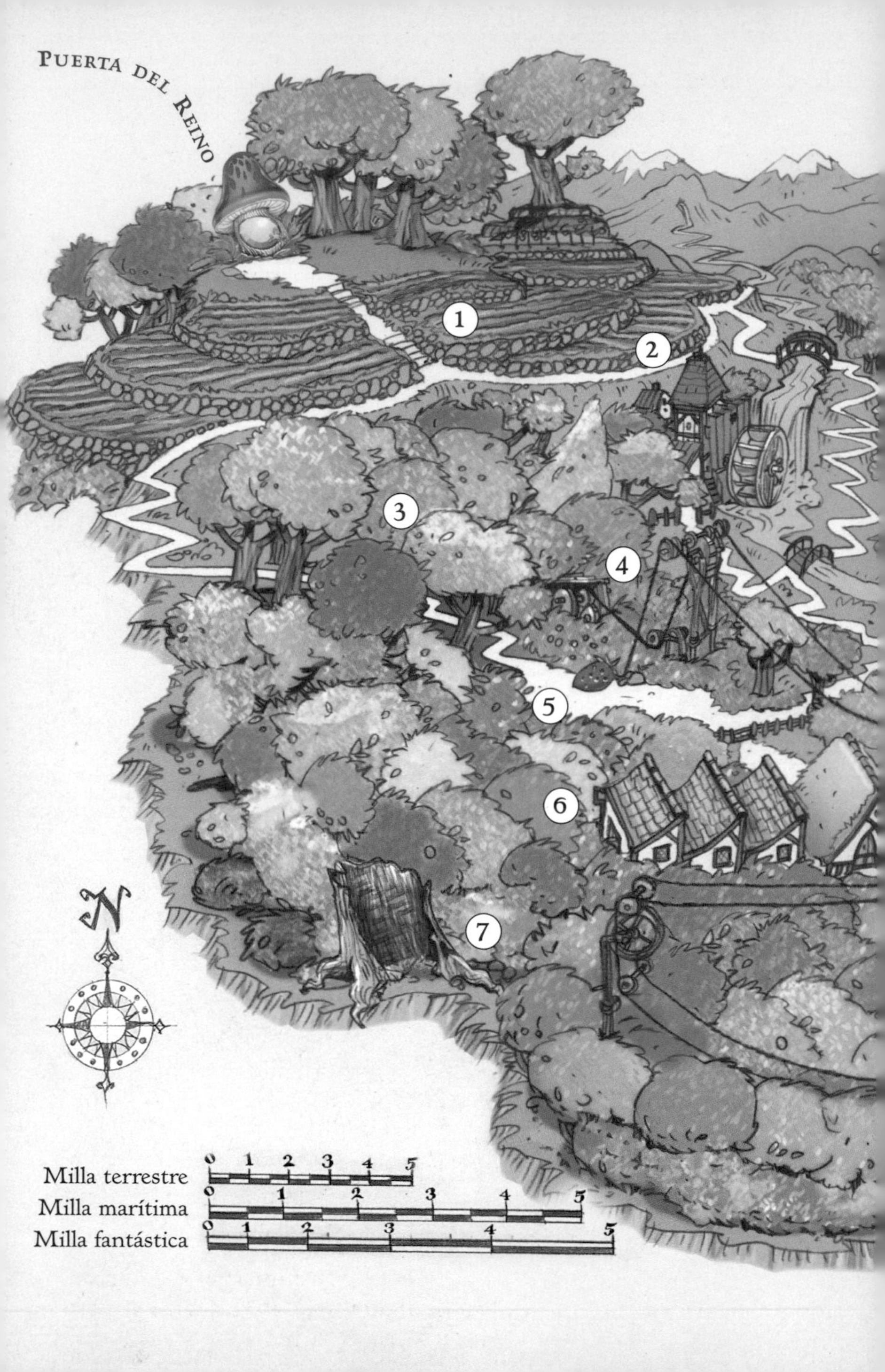
Puerta del Reino
1
2
3
4
5
6
7
N
Milla terrestre
0 1 2 3 4 5
Milla marítima
0 1 2 3 4 5
Milla fantástica
0 1 2 3 4 5

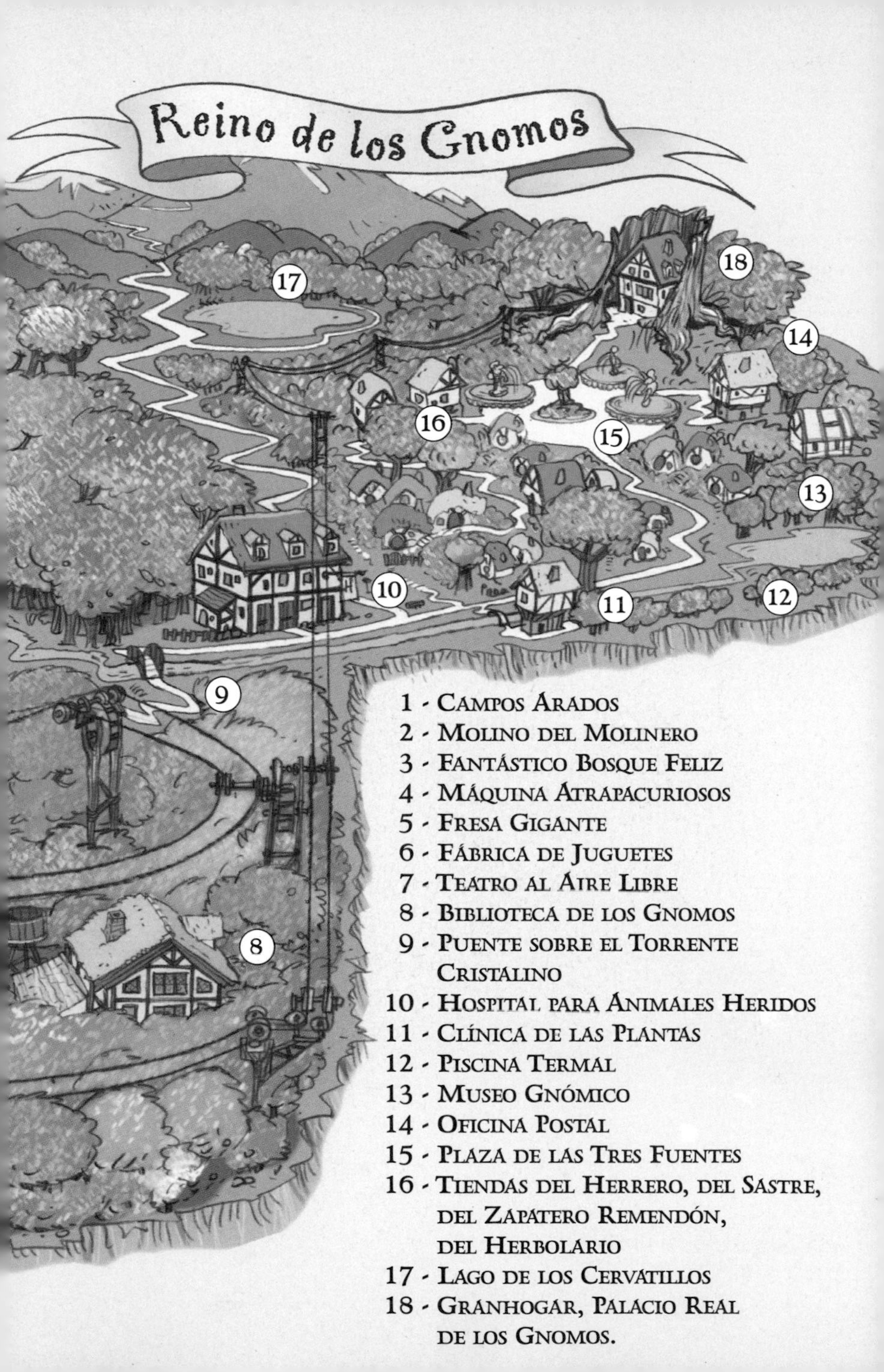
Reino de los Gnomos
17
18
14
16
15
13
10
11
12
9
8
1 - Campos Arados
2 - Molino del Molinero
3 - Fantástico Bosque Feliz
4 - Máquina Atrapacuriosos
5 - Fresa Gigante
6 - Fábrica de Juguetes
7 - Teatro al Aire Libre
8 - Biblioteca de los Gnomos
9 - Puente sobre el Torrente Cristalino
10 - Hospital para Animales Heridos
11 - Clínica de las Plantas
12 - Piscina Termal
13 - Museo Gnómico
14 - Oficina Postal
15 - Plaza de las Tres Fuentes
16 - Tiendas del Herrero, del Sastre, del Zapatero Remendón, del Herbolario
17 - Lago de los Cervatillos
18 - Granhogar, Palacio Real de los Gnomos.

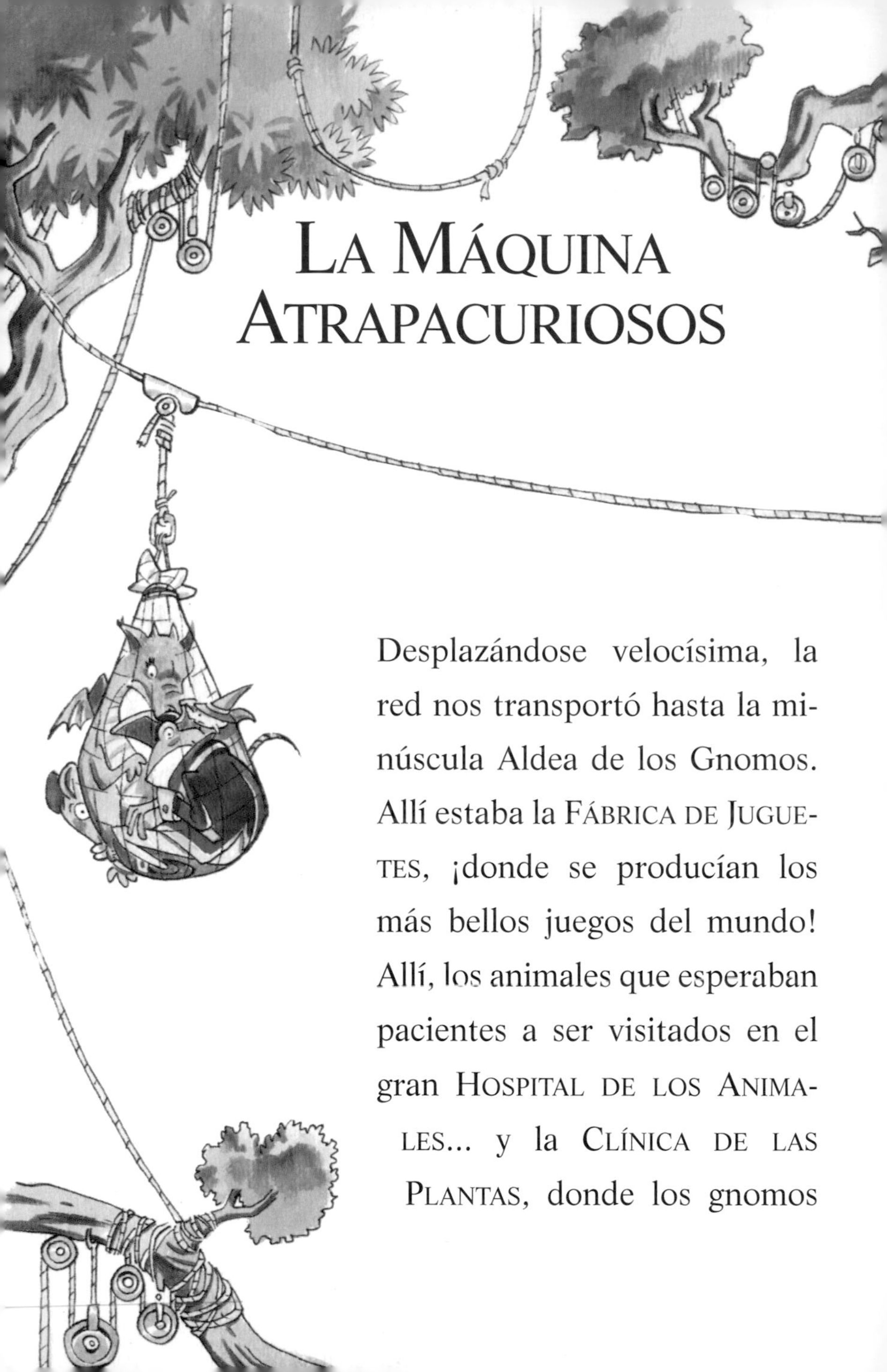

La Máquina Atrapacuriosos

Desplazándose velocísima, la red nos transportó hasta la minúscula Aldea de los Gnomos. Allí estaba la Fábrica de Juguetes, ¡donde se producían los más bellos juegos del mundo! Allí, los animales que esperaban pacientes a ser visitados en el gran Hospital de los Animales... y la Clínica de las Plantas, donde los gnomos

jardineros curaban con amor plantas y flores. Allí, el MOLINO, construido sobre el torrente, ¡y las TIENDAS DEL HERRERO, DEL SASTRE, DEL ZAPATERO REMENDÓN Y DEL HERBOLARIO! Más allá el TEATRO, LA BIBLIOTECA Y EL MUSEO. Y la PLAZA DE LAS TRES FUENTES, el centro de la aldea.

Y en el corazón de una encina hueca, el PALACIO REAL DE LOS GNOMOS,

¡Granhogar!

EN LA CORTE GNOMA

La Máquina nos descargó en un salón donde los Gnomos estaban celebrando una fiesta.

El Rey Gnomo iba vestido con pantalones verde menta y casaca verde oliva, con un cinturón de cuero. En los pies, zuecos robustos de campesino. En la cabeza no llevaba corona, sino un sombrero de color naranja. Tenía alegres ojos azules, nariz de patata y espesas cejas erizadas, y no paraba de alisarse la espesa barba rizada.

Estaba leyendo un enorme libro encuadernado en cuero, *Primeros Auxilios Gnómicos*.

—¡Ah, la ciencia! —farfullaba.

La Reina llevaba un vestido de lana naranja y medias verdes, el mismo tipo de zuecos y sombrero que su marido. Las espesas trenzas rubias estaban recogidas en un moño. Tejía un gorrito para su nieta.

Estaba a punto de ofrecer a los Gnomos los dos anillos de oro encontrados en la cajita, pero resbalé en el suelo recién encerado y me caí de culo.

—¡AAAYYYY!

La Reina preguntó preocupada:

—Caballero, ¿os habéis hecho daño?

Yo me levanté tambaleándome.

—Ejem, no, Majestad.

Ella se rió:

—¡Llamadme Fritanguita, Caballero!

Boletus se frotó las manos, satisfecho.

—¡Finalmente podré poner en práctica mi libro de *Primeros Auxilios Gnómicos*! —Preguntó solícito—: *¿Tenéis alguna contusión?*

—No, no tengo ninguna.

—*¿Os pongo un bonito vendaje?*

—Ejem, no hace falta.

—*¡Si queréis, os puedo desinfectar!*

—Estoy muy bien, de verdad.

—*¿Ni siquiera un moradito pequeño pequeño pequeño?*

—Ni siquiera.

—*¿Quizá una pomada de árnica?*

—¡Majestad, nunca he estado mejor!

—*¿Y un caramelo de miel para la garganta?*

La Reina lo cortó:

—¡Marido, aquí de nada sirve tu Ciencia Médica! Lo único que necesita este Caballero es una lasaña con mucho queso, una de *mis* lasañas con mucho queso, palabra de Fritanguita.

—Pero la Ciencia...

—Pero ¡qué Ciencia ni qué Ciencia!

Cuando ambos vieron los anillos de oro que yo les entregaba, me lo agradecieron efusivamente:

—Llegan justo a tiempo, estamos festejando nuestros cincuenta años de matrimonio, ¡NUESTRAS BODAS DE ORO!

¡Somos amigos de la Naturaleza!

Visitamos el Palacio Real de los Gnomos.

La cocina de Fritanguita era un espectáculo: en las paredes BRILLABAN sartenes de cobre, en los hornos se cocían pitanzas deliciosas.

La Biblioteca era el orgullo de Boletus.

—Amo muchísimo mis libros, pero se los presto muy a gusto a los jóvenes. ¡La Cultura debe circular! Aquí está la Sala de las Asambleas, donde gnomos y gnomas votan a mano alzada. La Sala de los Banquetes, donde se celebran todas las comidas. Y un poco más allá está el Salón de los Pisotones, la sala de baile. ¡Mi mujer adora bailar el vals!

Los Gnomos eran expertos artesanos y mecánicos.

FRITANGUITA

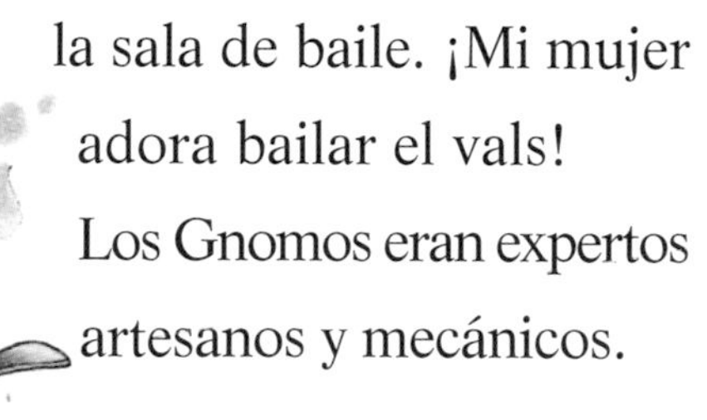

El Rey precisó orgulloso:

—Nosotros utilizamos sólo energía solar. ¿Veis cuántos paneles en los techos de las casas? No queremos contaminar. La Naturaleza nos lo da todo, por eso la *respetamos* y la ***amamos***.

Reflexioné sobre las grises metrópolis contaminantes.

Pensé en las autopistas repletas de un tráfico ensordecedor.

Reflexioné sobre el ritmo frenético de la ciudad.

Estreché la mano de Boletus.

—También yo soy amigo de la Naturaleza. También yo la respeto y la defiendo. ¡Todos deberíamos amar la Naturaleza, el bien más precioso!

Alrededor de la aldea, ¡cuántos árboles cargados de frutas! ¡Cuántos huertos de tomates, coles y calabazas!

Boletus explicó:

—Nosotros sólo utilizamos **ABONO NATURAL** y nunca usamos pesticidas, es decir, *sustancias químicas que liberan a las plantas de los parásitos*. ¡Cultivamos la tierra con respeto!

Las vacas rumiaban plácidamente libres en los

pastos, las avispadas gallinas correteaban por los corrales. Relamiéndome los bigotes, me bebí un vaso de leche.

Después los Gnomos me enseñaron a beber un huevo fresquísimo, recién puesto (*¡se hace así!*).

El Trineo de Plata

Yo le pedí:

—¿Podéis proporcionarnos un guía para llegar al Reino de los Gigantes?

El Rey se rió:

—¡Claro! Pero yo nunca le pido a nadie que haga algo que puedo hacer yo mismo. ¡Yo seré, es decir, *nosotros* seremos vuestros guías! —Gritó—: ¡Preparad el Trineo de Plata!

Partimos a lo largo del sendero nevado que llevaba al Reino de los Gigantes.

Mientras nosotros avanzábamos a pie, Boletus y Fritanguita viajaban a bordo del Trineo de Plata tirado por doce ágiles liebres blancas.

Descubrí que los Gnomos tienen nombres latinos de hongos: *Lactarius, Agaricus, Cortinarius, Marasmius, Pluteus, Lysurus...*

Las Gnomas, nombres de plantas: *Centella, Ursina, Mentita, Liquericia, Passiflora, Achillea, Potentilla, Verbena...*

Durante una parada Fritanguita susurró:

—Perdonad mi curiosidad,

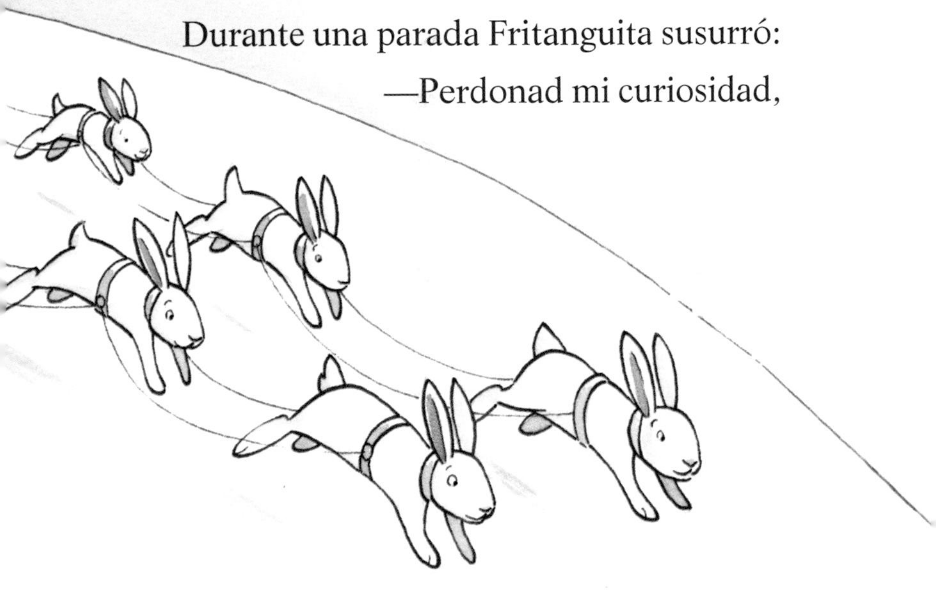

Caballero, pero... ¿dónde está vuestra armadura?

—No tengo armadura.

—Debéis tener una, todos los Caballeros tienen una armadura.

—¡No tengo porque *no* soy un Caballero!

—Que sois Caballero se ve a simple vista...

—¡No soy un Caballero, *nunca* lo he sido!

—¡No os alteréis, Caballero, me estropea la digestión!

—¡Os aseguro que *no-soy-un-Caballero*!

—A mí me podéis decir dónde tenéis la armadura.

—¡No tengo! ¡Nunca la he tenido!

—Comprendo: tenéis una armadura invisible, ¿no es así? ¡Tranquilo, yo sé guardar un secreto, Caballero!

Miré mi reflejo en el arroyo. ¿Por qué todos estaban convencidos de que yo era un Caballero? ¿Qué tenían mis morros de especial?

¡TODOS A LA MESA CON ALEGRÍA!

El Gnomo detuvo el trineo al lado de una cascada.

—Humm, basándome en mis cálculos científicos, hemos llegado. ¡Ahí está la Puerta de Amatista!

Su esposa, mientras tanto, protestaba, buscando algo en el trineo:

—*¿Cálculos científicos?* ¡Por suerte estoy yo aquí para las Cosas Realmente Importantes!

—¿Puedo ayudaros, señora? —me ofrecí.

—Caballero, al menos vos me comprendéis. Aquí están los platos... los vasos... el pastel de VERDURAS, las croquetas de **patata**, las calabazas rellenas y el pan de MIEL... Caballero, pasadme la sopa de cebolla. ¡La reconoceréis por el olor, ja ja jaa!

La dragoncita encendió el fuego de un soplido, mientras el duende y yo poníamos la mesa.

¡Qué minúsculos eran los platos y los vasos de los Gnomos! ¡Y qué buena era su comida natural, preparada con tanto amor!

Lo que está preparado con amor sabe mejor...

Lo que se come junto a un amigo, mejor le sienta al ombligo.

Boletus gritó:

—¡Todos a la mesa con alegría!

Miré la luna en el cielo y me acordé de Flor de Alga. ¡Quizá ella también estaba pensando en nosotros!

Brindamos con zumo de arándanos.

—¡Los corazones de los amigos siempre están próximos!

Después propuse:

—¡Os contaré una historia de Gnomos!

Así que empecé a contar...

Las tres piedrecitas mágicas de los gnomos

Leyenda noruega

Una mañana Thorstein, fortísimo guerrero noruego, se embarcó en busca de aventuras.

Sobre un escollo vio a un gnomo que sollozaba.

—¡Una ave rapaz ha raptado a mi esposa!

Thorstein alzó la mirada y vio un puntito entre las nubes.

Apuntó con el arco y atravesó al pájaro, que se precipitó al vacío.

El guerrero atrapó al vuelo a la pequeña gnoma que la rapaz llevaba entre las garras... Después la dejó junto al gnomo.

Él se lo agradeció:

—Eres un gran guerrero, y yo sólo soy un pequeño gnomo..., pero ¡quiero ofrecerte un regalo para demostrarte mi gratitud!

Le dio tres piedrecitas: una blanca, una amarilla y una roja.

—La blanca sirve para que nieve, la amarilla para que salga el sol y la roja provoca rayos y centellas.

Thorstein respondió:

—Gracias, pero no me sirven de nada.

El gnomo insistió:

—¡Llévatelas, son un regalo valioso!

Thorstein partió. Viajó hasta que se encontró con un orco gigantesco que le dijo:

—¡Ahora te comeré de un solo bocado!

Throstein tomó la piedra blanca y provocó una terrible tormenta de nieve: ¡el orco se estremeció de frío!

Entonces Throstein tomó la piedra amarilla y un sol potente derritió toda la nieve, que se convirtió en un río: ¡el orco fue arrastrado por él!

¡Finalmente Throstein tomó la piedra roja y un rayo cayó sobre el orco fulminándolo!

El guerrero se guardó las piedras y murmuró agradecido:

—Gracias, amigo gnomo, ¡tu pequeño gran regalo me ha salvado la vida!

A Boletus y Fritanguita les entusiasmó la historia.

Después pidieron emocionados:

—¿Podemos formar parte de la Compañía de la Fantasía? Os ayudaremos a salvar a la Reina.

El sapo anunció solemne:

—¡Bienvenidos! ¡Con vosotros seremos siete! *¡Viva la Compañía de la Fantasía!* Finalmente, todos juntos...

Soy pequeño, sabio y muy valiente. Con las hierbas sé curar y a los animales del bosque me gusta ayudar...

¿Sabes quién soy?

¡Adivina este caligrama!

¡Puerta del Reino de los Gigantes!

Frota esta piedra y... ¡huele!

Notarás el perfume del Reino de los Gigantes!

¡Qué aroma a pinos!

ALLÍ DONDE VUELAN LIBRES LOS HALCONES

Mientras atravesábamos la Puerta de Amatista, oí resonar la nota *La*.

La amatista de debajo de la cajita se levantó y debajo apareció grabado un nombre en alfabeto fantástico.

Miré a mi alrededor. Montañas altísimas se recortaban pálidas como fantasmas contra el horizonte. ¡Las cimas rozaban las nubes! ¡El aire GÉLIDO dolía en los pulmones! ¡Nevaba! El Gnomo se quitó la chaqueta y se la puso afectuosamente a su esposa sobre los hombros.

—Siempre es INVIERNO en el gélido Reino de los Gigantes, también llamado *el País de las Nieves Eternas y Allí Donde Vuelan Libres los Halcones.*

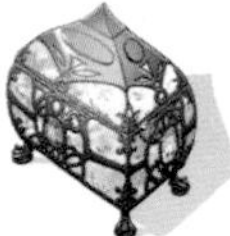

La vegetación estaba compuesta por pinos, abetos y otros árboles de hoja perenne.

¡Qué aroma a pino!

Observé el mapa del Reino de los Gigantes esculpido en un trozo de granito.

Mientras tanto, Fosforita y Tric jugaban a pelota con una piña grande.

La piña rodó hacia abajo y ambos fueron a buscarla hasta un laguito de aguas congeladas.

Grité preocupado:

—¡No caminéis por encima del hielo, podría romperse!

Demasiado tarde. El duendecito era ligero..., pero la dragoncita pesaba, ¡y mucho!

El hielo se resquebrajó con un crujido siniestro.

Cric... Cric... Criiic! Cric... Cric... Criiic! Cric... Cric... Cric... Criiic!

Ella gritó:

—¡Que me hundooooooo!

Agarré una rama larga y se la tendí a Fosforita, tumbado sobre el hielo.

Mientras, los demás me sujetaban por las patas, formando una cadena. Centímetro a centímetro fuimos sacando a Fosforita. ¡Uff, justo a tiempo!

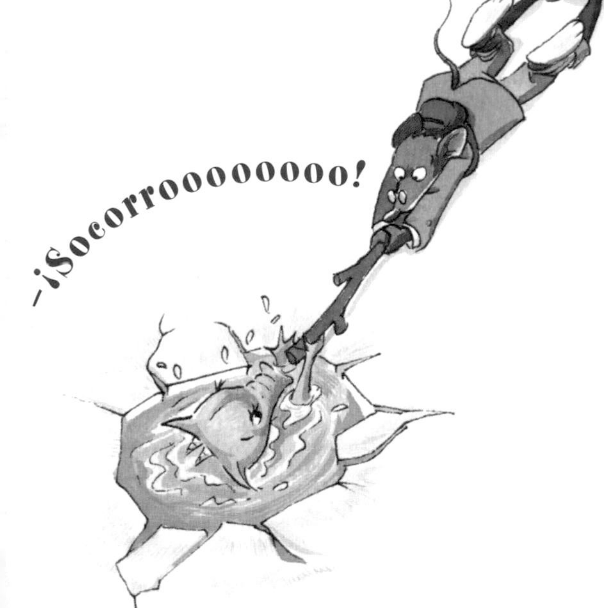

Reino de los GIGANTES

Color: añil. **Piedra:** amatista. **Metal:** titanio. **Nota musical:** la.

Rey: desafortunadamente no existe un Rey de los Gigantes. Pero si existiese, sus títulos serían Rey de los Caballeros a Caballo, Protector de la Verdad, Defensor de las Damas Indefensas, Salvador de los Débiles, Gobernador de la Generosidad Sin Fin, Justiciero de la Justa Justicia, Aquel que Tiene un Corazón Puro.

Palacio Real: Roca Halcón.

Guardián del Reino: los hielos eternos que cubren las montañas del Reino.

Moneda del Reino: Gigaduro.

Idioma: Gigásico.

Información sobre los habitantes: según las leyendas griegas, los Gigantes fueron creados por la Tierra para vengar a los Titanes, prisioneros de Zeus. Gigantes famosos fueron Gogmagog, citado en el Antiguo Testamento, cuyo nombre significa «todos los enemigos de la Tierra»; Polifemo, cíclope con un solo ojo derrotado por Ulises; Yspaddaden, jefe de los Gigantes galeses cuya mirada paralizaba a un ejército entero; Antero Vipunen, el misterioso gigante finlandés llamado el «Guardián de los Hechizos».

Puerta del Reino
1
2
3
4
5
6
N
Milla terrestre
0 1 2 3 4 5
Milla marítima
0 1 2 3 4 5
Milla fantástica
0 1 2 3 4 5

Reino de los Gigantes
16
15
14
13
10
11
12
9
8
7
1 - Pico de la Pureza
2 - Lago de la Voluntad
3 - Monte del Coraje
4 - Pico de la Fuerza
5 - Paso de los Antiguos Reyes
6 - Monte del Orgullo
7 - Montañas del Honor
8 - Espada Excalibur
9 - Río de la Generosidad
10 - Madriguera de la Osa que Salvó al Gigante
11 - Fuente Termal
12 - Roca Halcón, el Palacio Real de los Gigantes
13 - Pico de la Esperanza
14 - Monte de la Furia Blanca
15 - Monte de la Compasión
16 - Pico del Perdón

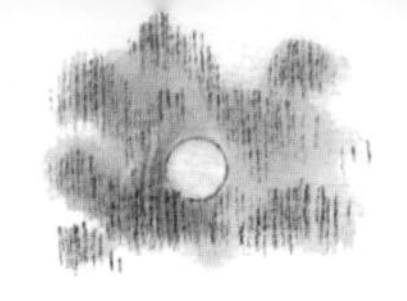

El Paso de los Antiguos Reyes

A la dragoncita le castañeteaban los dientes por el frío.

—¡Gracias, amigos!

Nosotros respondimos a coro:

—Ésta es la fuerza de la Compañía: *¡ayudarnos siempre!*

Nos dirigimos a través de un cañón de hielo blanco que brillaba plateado bajo los rayos de la luna, y estaba custodiado por imponentes estatuas de granito.

Plumilla anunció melancólico:

—Éste es el Paso de los Antiguos Reyes. Muchos y muchos fueron los soberanos que gobernaron este Reino, pero ahora duermen el sueño eterno y la noble corona de

Rey de los Gigantes permanece sin pretendiente.

Las estatuas representaban fieros guerreros a caballo: blandían largas espadas y llevaban sobre las cabezas coronas brillantes.

De repente vi una sombra gigantesca que se deslizaba por detrás de las estatuas.

—¿Quién es? —grité temblando.

Pero nadie respondió.

Me zumbaron los bigotes de miedo.

Repetí:

—¿Qui-quién es? ¿Qui-quién anda ahí?

Alguien me pellizcó la cola por detrás.

Yo grité asustadísimo:

—¡Socorrooooo!

Oí una risita sofocada y me volví: ¡había sido el duendecillo!

Rápido como un rayo me hizo un nudo en la cola, me dedicó una pedorreta y se fue corriendo, canturreando...

—El Caballero es un cagadito, y ha lanzado un gritito.
Chilla de terror por un simple temblor...

Yo lo perseguí mientras toda la compañía me animaba a atraparlo.

—¡Tírale de las orejas, Caballero!

—¡Ya estamos hartos de sus bromitas!

—¡Se merece una lección!

El duendecillo se subió a una estatua:

—¡Sacar de quicio es mi oficio!

Grité preocupado:

—¡Baja, podrías caerte!

Él dio un salto mortal sobre la nariz de la estatua.

—¡Tranquilito, que voy a saltar como un mico!

Caminó por la espada como un equilibrista:

—¡Soy un bromista con suerte,
y en la cola, un nudo puedo hacerte!

Me hizo una pedorreta, pero resbaló:

—¡CUIDADOOOO! —grité.

Él se quedó colgado de la espada por el cuello del jubón. Ahora ya no hacía más el tonto, se había quedado petrificado. Susurró:

—Ejem, ¿puedes ayudarme?
Estoy a punto de precipitarme...

Yo empecé a escalar la estatua. Pero cuando llegué a la cima me acordé de que...

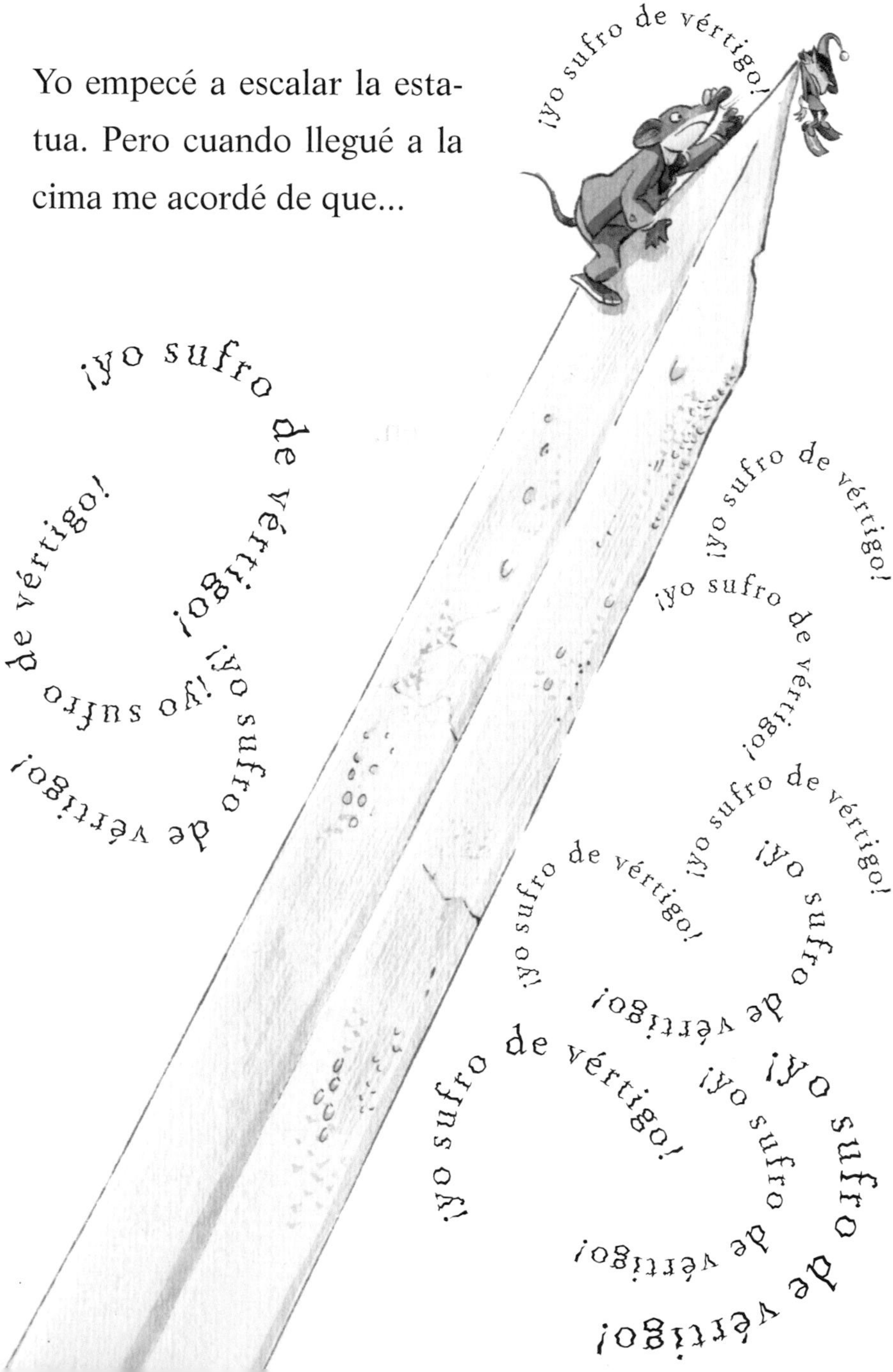

¡yo sufro de vértigo!

¡yo sufro de vértigo! ¡yo sufro de vértigo! ¡yo sufro de vértigo!

¡yo sufro de vértigo! ¡yo sufro de vértigo! ¡yo sufro de vértigo!

¡yo sufro de vértigo! ¡yo sufro de vértigo!

¡yo sufro de vértigo! ¡yo sufro de vértigo! ¡yo sufro de vértigo!

¡MERMELADA DE DUENDECILLO!

Plumilla gritó preocupado:

—Se va a convertir en... ¡MERMELADA DE DUENDECILLO!

Miré hacia abajo. ¡Qué pequeños parecían mis compañeros! ¡Y qué arriba estaba yo!

¡Demasiado arriba!

El miedo me decía: «Vuelve atrás, ¿quién te obliga a ayudarlo?».

Tric imploró:

—Poco más resistiré, y contra el suelo me aplastaré...

El jubón del duendecillo se estaba rasgando.

Desde abajo, nuestros compañeros gritaron:

—¡Caballero! ¡Daos prisa!

Finalmente llegué a lo más alto de la estatua.

¡Ahora yo mismo me arriesgaba a caer también al vacío!

Me tendí sobre el filo de la espada y finalmente conseguí alcanzar al duendecillo.

—¡Dame la mano, rápido!

Lo aferré un instante antes de que el jubón se rasgase del todo.

Bajamos con cuidado y en cuanto llegamos al suelo, el duendecillo me tendió la mano.

ES MUY FÁCIL DECIR «STILTON»...

Dejamos atrás la última estatua y nos aventuramos por una estrecha garganta.

Las montañas se elevaban a nuestro alrededor en un semicírculo majestuoso.

Finalmente llegamos a la cima del MONTE DE LA FURIA BLANCA.

Ahí debía estar la Puerta de Diamante que conducía al Reino de las Hadas.

¡Qué alta era ahora la **NIEVE**!

Me llegaba hasta las rodillas, y a cada paso que daba me hundía un poco más.

Fue entonces cuando vi aquella enorme huella en la nieve.

Le pregunté al sapo:

—¿Seguro que en este Reino no vive nadie?

Quizá alguien nos estaba siguiendo, pero ¿quién?

De repente se me cayeron las gafas.

¡Y sin mis gafas, estoy perdido!

¡No veo ni a un palmo de mi morro!

Me arrodillé e intenté encontrarlas a tientas en la nieve.

—*¡Por mil quesos de bola!* Pero ¿dónde están?

Tanteando a mi alrededor toqué algo que no era nieve. Pero tampoco eran mis gafas.

Era... era... era...

¿¿¿una barba???

¿La barba de un *Gigante*?

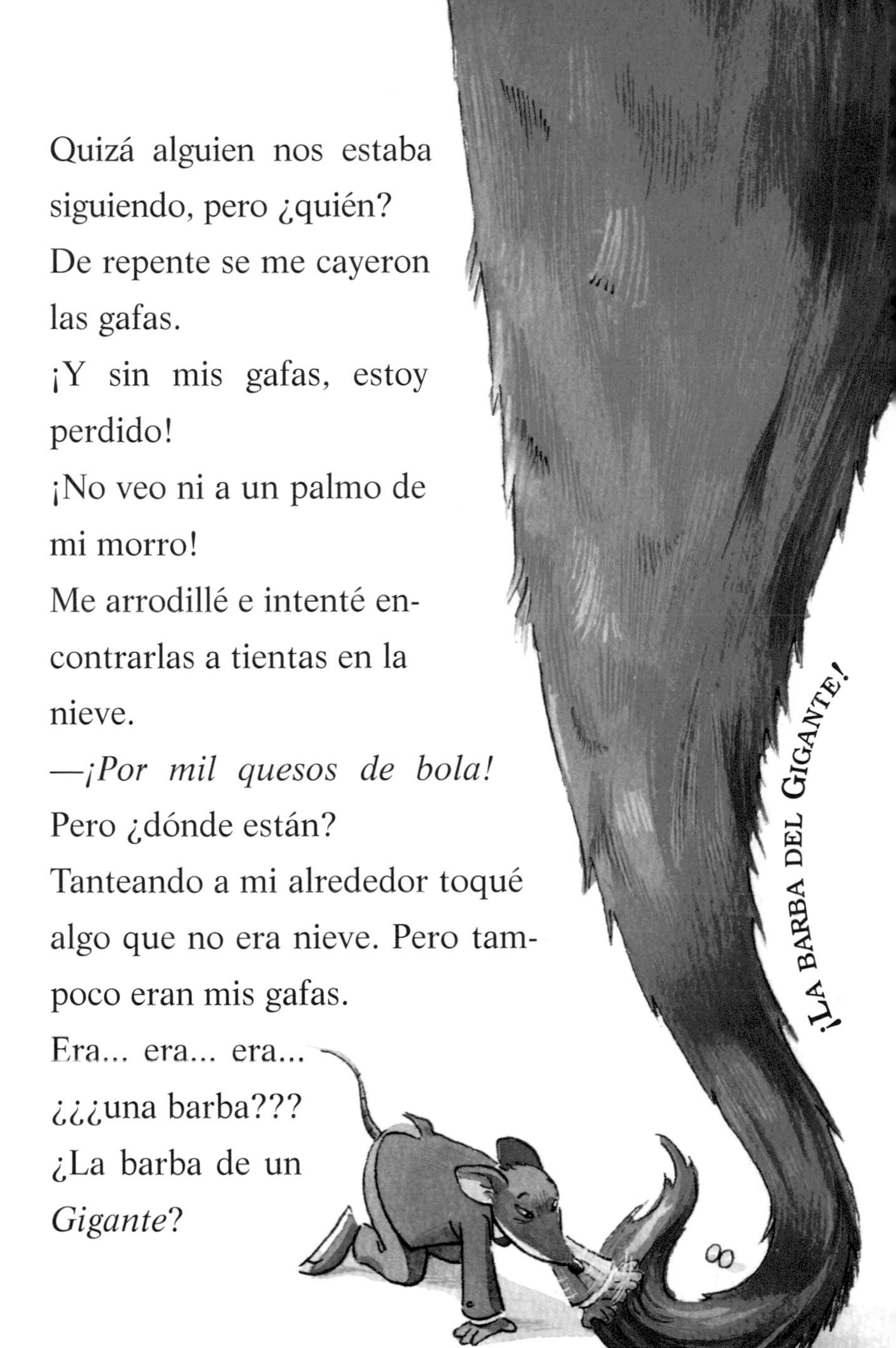

¡La bota del Gigante!

Una bota gigante me aplastó contra la nieve fresca:

—¡*Plaf!*

Oí un vozarrón profundo pero amable:

—¡Ooooh, perdona, no te había visto!

Me levanté tambaleándome.

Una mano gigantesca, grande como una mesa para doce, me agarró por la cola.

¡LA MANO DEL GIGANTE!
¡Bájame!

Yo chillé:

—*¡Por mil quesos de bola!* ¡Bájame!

Dos ojos azules me miraron con curiosidad.

—¡Eres pequeño, pero cómo gritas! ¿Quién eres?

Plumilla parloteó:

—¡**Él** es el Caballero Sin Mancha y Sin Miedo, y ha venido a salvar a la Reina de las Hadas!

A mí me zumbaban los bigotes de exasperación.

—¡Ya basta de esa historia, yo no soy un Caballero!

—Humm, es muy fácil hacerse llamar Caballero. *¡Las cosas se hacen bien o no se hacen!* ¿Cuántos torneos habéis ganado?

—Ni uno siquiera. ¡Yo no soy un Caballero!

—¿Y a cuántas damiselas habéis salvado?

—A ninguna. ¡Os digo que yo no soy un Caballero!

—No veo vuestra armadura...

—¡Claro que no, porque no soy un Caballero!

—¿Y a qué noble linaje pertenecéis?

—Pero ¡qué linaje ni qué linaje! ¡Mi nombre es Stilton, *Geronimo Stilton*!

—¿El linaje STILTON? Nunca lo he oído, pero no importa. ¡Si de verdad queréis salvar a la Reina, vuestro corazón es noble y eso es suficiente! La verdadera nobleza nace del deseo de estar junto a los débiles y los oprimidos. *¡Las cosas se hacen bien o no se hacen!*

Boletus y Fritanguita se presentaron:

—Hola, nosotros somos Gnomos. ¿Proseguirás viaje con nosotros?

El Gigante protestó:

—Vaya, es muy fácil decir «gnomo». Pero ¿cuántos de los tuyos hay por aquí? ¿Quiénes son tus antepasados? ¿Cuántos sois? Además, es muy fácil decir «viaje». ¿Cuánto dura ese «viaje»? ¿Adónde vamos? ¿Y qué comeremos? *¡Las cosas se hacen bien o no se hacen!*

Mientras discutíamos, el duendecillo se dio un baño en una fuente termal. El Gigante protestó:

—Eh, es muy fácil decir «baño». ¿Es muy profunda el agua? ¿Cuál es la temperatura? ¿Hay que tirarse de cabeza o de pie? *¡Las cosas se hacen bien o no se hacen!*

Fosforita gritó:

—¿Cuándo llegamos? ¡Tengo sueño!

El Gigante protestó:

—Eh, es muy fácil decir «sueño». ¿Cuántas horas se duerme? ¿Hay mosquitos por estos parajes? ¿Y a qué hora sale el sol? *¡Las cosas se hacen bien o no se hacen!*

Toda la Compañía gritó:

—¡Basta!

—Es muy fácil decir «basta»... —protestó él.

Por suerte en aquel instante la gnoma nos invitó a todos a desayunar.

¡Adivina este caligrama!

Se siente la tierra temblar... Se siente una voz tronar... Y ves una mano del tamaño de un Pajar... No, no es un elefante, sino un enorme...

¿Quién es?

El Último de los Gigantes

Olfateé el excelente aroma a pan cocido sobre las brasas.

Fritanguita anunció:

—¡Todos a la mesa!

Después ofreció a cada uno un pedazo de pan con un huevo fresco pasado por agua y una taza de chocolate dulcísima y humeante.

El Gigante olfateó el huevo:

—Eh, es muy fácil decir «pasado por agua». ¿Cuánto tiempo ha estado hirviendo? ¿Qué condimento has usado? ¿Le has echado pimienta? *¡Las cosas se hacen bien o no se hacen!* Y es muy fácil decir «fresco». ¿Cuánto hace que ha sido puesto? ¿Dónde? ¿Y cómo se llama la gallina?

La Gnoma se sulfuró ante la idea de que alguien

pusiera en duda la frescura de sus huevos y, si Boletus no la hubiese detenido, habría estampado el cazo en la cabeza del Gigante.

Yo me dirigí a éste:

—¡Amigo, aún no nos has dicho cómo te llamas!

Él mostró un precioso anillo con un sello en forma de halcón.

—Pertenezco al noble linaje del Granhalcón. Pero no tengo nombre, lo olvidé cuando perdí todo aquello que amaba. Era el hijo del Rey de los Gigantes, el último de doce hermanos, y era muy pequeño cuando eso que en el Reino de los Gigantes se llama **Furia Blanca**, eso que vosotros llamáis un «alud»..., sepultó a mi familia para siempre en una sola noche. Roca Halcón, el castillo de mis antepasados, se convirtió en una gélida tumba de hielo: donde antes resonaban las canciones de los Gigantes, reinó un silencio sepulcral. Sólo yo me salvé, sepultado por la

nieve. Pensé que era el fin... Entonces *alguien* excavó en el hielo. *Alguien* se asomó. Y ese *alguien* era... ¡una osa! Me llevó a su caliente madriguera y me crió junto a sus cachorros. ¡Oh, qué generosa fue! Cuando ya fui adulto, empecé a vagar por las montañas cada vez a mayor altura, como si mi corazón necesitase del **frío** para no sentir dolor. Me había convertido en...

¡EL ÚLTIMO DE LOS GIGANTES!

Después, un día, llegó *él*...

El Gigante alargó el brazo derecho, sobre el que se posó un halcón de espeso plumaje y de ojos penetrantes.

—Lo encontré con una pata rota y cuando se le curó lo liberé. «¡Has nacido para volar libre!», le dije. Él alzó el vuelo, pero después volvió a mí.

Le acarició la cola emplumada.

—¡Nosotros dos *nunca* nos separaremos!

El halcón gritó satisfecho.

¡Sueño con un lugar llamado «hogar»!

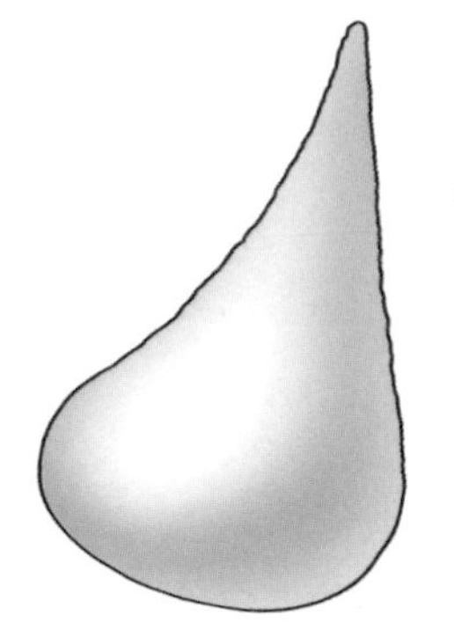

¡La lágrima del Gigante!

—Yo poseo un inmenso castillo —suspiró el Gigante—, Roca Halcón, el Palacio Real de los Gigantes. Pero ¡qué triste es habitarlo solo! No es un verdadero hogar, porque no hay amor. Yo sueño con un lugar llamado «hogar», un nido tibio donde sentirme amado, seguro, feliz. ¡Yo nunca tendré un verdadero hogar, porque ya nunca tendré el afecto de aquellos que me amaron! Ni siquiera tengo un nombre...

El Gigante se volvió para que no viésemos como se enjugaba una enorme lágrima.

Pero yo me había dado cuenta.

De repente recordé el nombre que estaba grabado debajo de la amatista, y se lo dije al Gigante.

¡**Intenta descifrar el nombre del Gigante!**

Al Gigante el nombre le gustó mucho...

—Ahora ya no estás solo —lo consolé—, ¡estás rodeado del afecto de amigos que te quieren! *Amor y amistad* son medicinas potentes que pueden curar las heridas del corazón. Ahora formas parte de la Compañía de la Fantasía: contigo somos ocho. Para celebrarlo narraré una bella historia de Gigantes, durante la cual todos iremos repitiendo a coro: «*¡Oh, qué historia, oh, qué gloria, oh, qué victoria!*».

Entonces empecé a contar...

¡VALE MÁS MAÑA QUE FUERZA!
Leyenda irlandesa

En Irlanda vivía un gigante fortísimo cuyo nombre era Fin MacCool.
¡Oh, qué historia, oh, qué gloria, oh, qué victoria!
Un día llegó a su aldea el gigante Cuculino, que ya había derrotado a todos los gigantes de Irlanda.
Cuculino tenía un secreto: concentraba toda su fuerza en el dedo índice de su mano derecha.
Al llegar a la aldea empezó a gritar:
—Fin MacCool, ¿dónde estás? ¡Quiero vencerte también a ti!
Fin estaba preocupado, pero su mujer Oonagh propuso:
—Yo me ocuparé de Cuculino.
Fin sacudió la cabeza:
—¿Qué puedes hacer tú para ayudarme? ¡Sólo eres una débil mujer!
Oonagh lo tranquilizó:
—¡Más vale maña que fuerza!
¡Oh, qué historia, oh, qué gloria, oh, qué victoria!
La giganta hizo meterse a su marido en una cuna de bebé.
—Ahora debes estarte quieto y callado hasta que yo te diga.
Preparó dos panes y en uno de ellos escondió una piedra.
Cuando Cuculino llegó, Oonagh, que era muy lista lo hizo entrar.
—¿Buscas a mi marido, Fin MacCool? ¡Tranquilo llegará en seguida! Pero, ya que estás aquí, ¿me harías un favor? Está saliendo el sol, ¿puedes girar la casa en su dirección? ¡Mi marido lo hace cada mañana!
Cuculino, con un enorme esfuerzo, giró la casa mientras pensaba:
—Pues ¡qué fuerte debe de ser ese Fin MacCool!
¡Oh, qué historia, oh, qué gloria, oh, qué victoria!

Después la giganta le ofreció a Cuculino el pan donde había escondido la piedra:
—¡Prueba esto, es mi especialidad!
Pero en cuanto el gigante mordió el pan, se rompió un diente con la piedra.
—¡Áaayyy!
La giganta fingió sorprenderse.
—¿No te gusta? ¡Ese pan es el que le doy siempre a mi bebé!
¡Oh, qué historia, oh, qué gloria, oh, qué victoria!
Mientras, le daba a Fin MacCool, que estaba en la cuna, el pan sin piedra. Fin MacCool se lo comió sin problemas.
Cuculino pensaba:
—Pero ¡qué grande es este bebé: cómo será entonces su padre! ¡Y además debe de tener unos dientes fenomenales!
Alargó el dedo índice hacia los labios de Fin, que, en cuanto lo tuvo a tiro, se lo arrancó de un mordisco seco.
Cuculino gritó:
—¡Áyayayayayayay! ¡Oyoyoyoyoyoyoy! ¡Uyuyuyuyuyuyuy! ¡Mi dedo índice! ¡Mi querido dedo índice!
¡Oh, qué historia, oh, qué gloria, oh, qué victoria!
Y corrió tanto y tanto que nunca nunca nunca nunca más volvió.
Fin MacCool salió de la cuna.
Oonagh preguntó:
—Así pues ¿qué vale más, fuerza o maña?
Fin abrazó a su mujer con admiración.
—Mujer, ¡puedes estar orgullosa, tu astucia ha vencido al gigante más fuerte de Irlanda!

¡Oh, qué historia, oh, qué gloria, oh, qué victoria!
¡Viva la historia y quien la cuenta,
viva la historia y quien la escucha!

La Furia Blanca

De repente sentí que la montaña temblaba desde sus cimientos.

Después, un lejano estruendo de truenos.

—¡**La Furia Blanca**! —gritó el Gigante.

Un alud ensordecedor se abatió sobre nosotros justo en el momento en que...

...¡atravesábamos la Puerta de Diamante!

Frota esta piedra y... ¡huele!

¡Notarás el perfume del Reino de las Hadas!

¡Qué aroma a rosas!

UNA ROSA DE MIL PÉTALOS

Entré en el Reino de las Hadas manteniendo bien sujeta la cajita. Oí sonar una nota: **Si**.

La punta de diamante de la cajita se iluminó con una LUZ PURÍSIMA.

Una planta brotó de él como por encanto, produciendo un capullo que se transformó en una rosa de mil pétalos.

¡En el centro de la rosa apareció el Mapa del Reino de las Hadas!

En el aire se expandió un delicadísimo aroma a rosas.

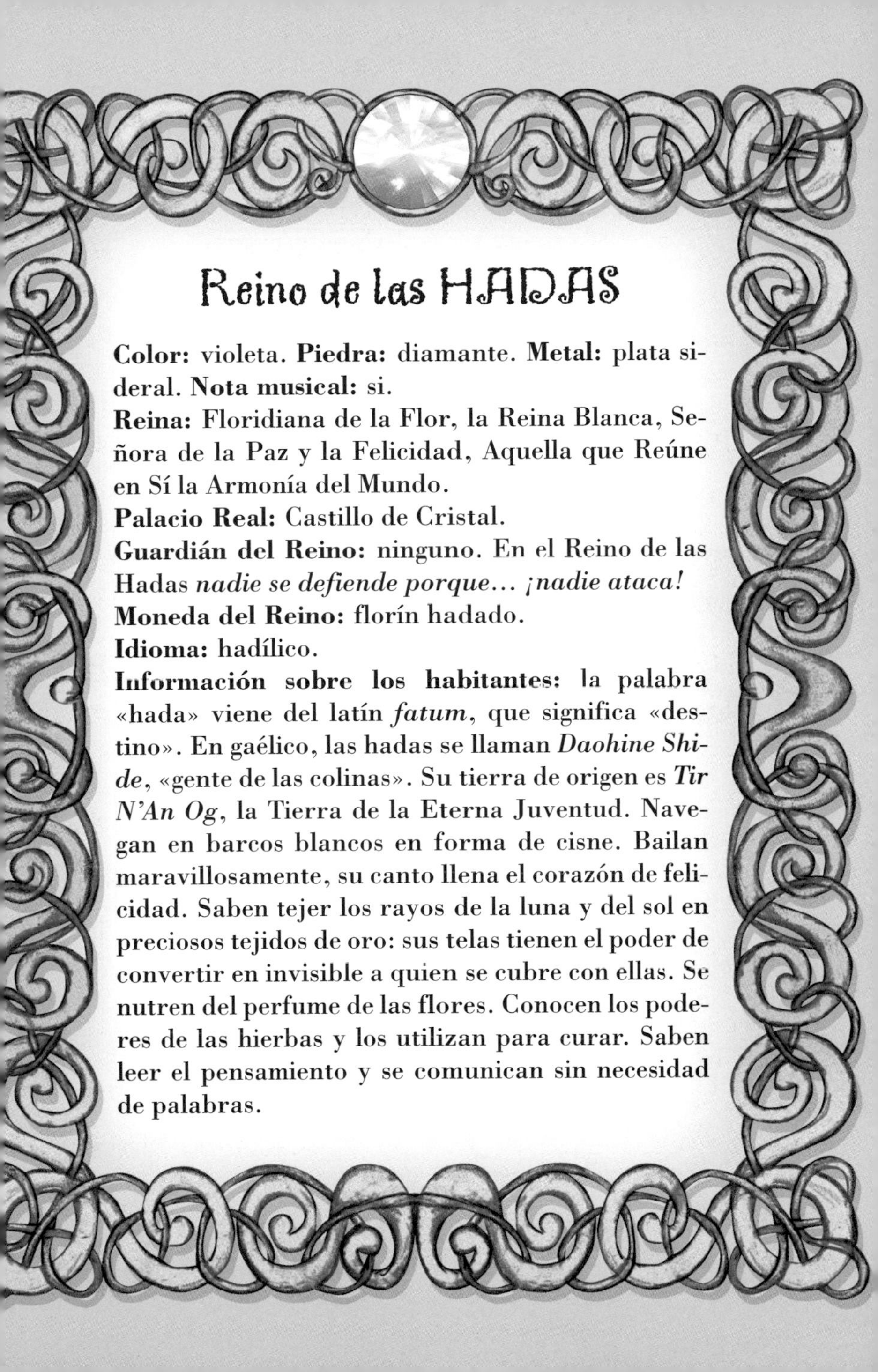

Reino de las HADAS

Color: violeta. **Piedra:** diamante. **Metal:** plata sideral. **Nota musical:** si.
Reina: Floridiana de la Flor, la Reina Blanca, Señora de la Paz y la Felicidad, Aquella que Reúne en Sí la Armonía del Mundo.
Palacio Real: Castillo de Cristal.
Guardián del Reino: ninguno. En el Reino de las Hadas *nadie se defiende porque... ¡nadie ataca!*
Moneda del Reino: florín hadado.
Idioma: hadílico.
Información sobre los habitantes: la palabra «hada» viene del latín *fatum*, que significa «destino». En gaélico, las hadas se llaman *Daohine Shide*, «gente de las colinas». Su tierra de origen es *Tir N'An Og*, la Tierra de la Eterna Juventud. Navegan en barcos blancos en forma de cisne. Bailan maravillosamente, su canto llena el corazón de felicidad. Saben tejer los rayos de la luna y del sol en preciosos tejidos de oro: sus telas tienen el poder de convertir en invisible a quien se cubre con ellas. Se nutren del perfume de las flores. Conocen los poderes de las hierbas y los utilizan para curar. Saben leer el pensamiento y se comunican sin necesidad de palabras.

1 - Rosa de los Mil Pétalos
2 - Lago de las Sílfides
3 - Bosque de la Bondad
4 - Claro de la Buena Sombra
5 - Selvarrosa
6 - Castillo del Hada Morgana
7 - Casa Turquesa
8 - Monteflorido
9 - Bosque de los Recuerdos Perfumados
10 - Fuente de la Juventud
11 - Claro Raro
12 - Villa del Sol y de la Luna
13 - Casa que Canta
14 - Bosque de los Druidas
15 - Ábismo de Plata
16 - Torre del Hada Madrina
17 - Ruiseñores de Voz Argentina
18 - Montenoche Sueñodorado
19 - Condado de los Unicornios Azules
20 - Montaña de los Secretos
21 - Pabellón de los Sueños de Amc
22 - Castillo de Cristal
23 - Roca de Pegaso
24 - Lago de la Dulce Agua
25 - Selva de las Ninfas y Centaurc
26 - Arco del Amor Perfecto

Reino de las Hadas
20
24
23
19
22
21
N
26
25
Milla terrestre
0 1 2 3 4 5
Milla marítima
0 1 2 3 4 5
Milla fantástica
0 1 2 3 4 5

La Fuente de la Juventud

Llegamos a la mítica Fuente de la Juventud, que brotaba entre rocas de oro.

Según antiguas leyendas, ¡sus aguas rejuvenecen a quien las bebe!

Boletus protestó fiero:

—¿Fuente de la Juventud? Humm, yo soy viejo, pero no quiero rejuvenecer. Me gusta mi barba blanca, me da aspecto de sabio. Y, reumatismos

En la Fuente de la Juventud hay una advertencia en Alfabeto Fantástic

¡Para traducirlo hay que ir a la página 323: allí encontrarás el Código Secreto!

aparte, estoy orgulloso de mi edad, ¡sé muchas más cosas que cuando era joven!

También Fritanguita se **miró** orgullosa en la fuente:

—Soy madurita, pero ¡no pienso rejuvenecer! ¡Me he acostumbrado demasiado a mis chichas y a mis arrugas! *¡Me gusto tal como soy!*

Yo sonreí.

¡Sí, los Gnomos eran muy sabios!

El Condado de los Unicornios Azules

Reemprendimos la marcha. En el Condado de los Unicornios Azules vi un caballo de cuerpo muy armonioso, con un cuerno de plata en la frente y el pelaje azul. ¡Un **unicornio**! Tras él aparecieron unos cuantos más. El Gigante protestó:

—¡Umpf, es muy fácil decir «*unicornio*»!

El primer unicornio nos miró con ojos dulces y tímidos.

—Mi nombre es ARGENTOVIVO. ¿Habéis venido a salvar a Floridiana? ¡Apresuraos, la Reina de las Brujas está a punto de llegar!

El sapo murmuró:

—¡Caballero, la Compañía está cansada, no podemos ir más de prrrisa!

Los unicornios intercambiaron una mirada de complicidad:

—¡Os llevaremos nosotros! ¡Subid a la grupa!

Cada miembro de la Compañía montó encima de un Unicornio. ¡Qué poéticos eran sus nombres!

VIENTOVELOZ, SELVAZUL, CUERNODORADO, ALADERRAYO, NUBOLARIO, MANTOUMBRÍO...

Unicornio

En las leyendas del siglo XII era un caballo con un largo cuerno plateado en la frente, que se dejaba domar sólo por las damas de corazón puro. El cuerno neutralizaba los venenos y sanaba las heridas.

Argentovivo empezó a galopar veloz como el viento. ¡Sus cascos parecían no tocar el suelo!

Olvidé cualquier miedo disfrutando de aquella sensación de libertad.

—¡Más de prisa! —gritaba aferrado a sus crines con los bigotes zumbándome al viento.

Atravesamos el fresco CLARO DE LA BUENA SOMBRA (lugar ideal para echar una siestecita) y MONTEFLORIDO, donde las flores brotan sin des-

RUISEÑORES DE VOZ ARGENTINA

VILLA DEL SOL Y DE LA LUNA

PEGASO, CABALLO ALADO

canso. Avistamos bandadas de RUISEÑORES DE VOZ ARGENTINA cerca de la VILLA DEL SOL Y DE LA LUNA, ¡decorada con constelaciones celestes! Sobre una roca vi volar muy arriba un caballo blanco de alas emplumadas... ¡Era PEGASO!

Me fijé, sin embargo, que en el aire flotaba una Misteriosa Niebla Verde.

Humm, ¿qué sería?

Finalmente los unicornios se detuvieron en el BOSQUE DE LOS RECUERDOS PERFUMADOS. Le di las gracias a Argentovivo.

—¡Amigo mío, no te olvidaremos nunca!

La Misteriosa Niebla Verde

Era ya el ocaso. Mientras nos acercamos al Castillo de Cristal, me di cuenta de que en el aire...

...¡la Misteriosa Niebla Verde era cada vez más densa!

De repente vi un puntito luminoso que brillaba frente a mí y una vocecita angustiada que gritaba:

—¡Caballeroooo! ¡Caballeroooooooooo! ¡Caballeroooooooooooooooooooo!

Una luciérnaga se posó en mi pata:

—¡Caballero! ¡Soy la luciérnaga Lucila! ¡Cuidado con esta Niebla Verde que ha invadido el Reino de las Hadas! ¡Es un maleficio de Brujaxa!

Yo estaba estupefacto:

—¿Un maleficio? ¿Brujaxa? Pero...

¡La luciérnaga Lucila!

La luciérnaga explicó:

—En una noche de luna llena de un día extraño que nadie recuerda, susurrando maléficas palabras, la Reina de las Brujas mezcló en un caldero de bronce miles y miles y miles de rarísimos ingredientes. ¿Recordáis el Veneno Verde que hervía en un caldero junto al trono de Brujaxa? Pues ¡de ahí proviene la Misteriosa Niebla Verde! —La luciérnaga enumeró los ingredientes—: *¡Alas de murciélago... escamas de víbora cornuda... morros de ornitorrinco... higadillos de nutria... plumas de basilisco... ojos de hipogrifo... veneno de escorpión... aletas de leviatán... garras de quimera... colas de centauro... dientes de vampiro... y raíces de mandrágora!* Desde entonces esa Niebla Verde ha rodeado el Castillo de Cristal, donde se encuentra Floridiana. ¡Pobres de nosotros, ahora duerme un sueño profundísimo, provocado por una rosa

¡La Niebla que rodea el Castillo de Cristal!

¡Brujaxa, reina de las Brujas!
¡La Misteriosa Niebla Verde...

envenenada! ¡Y todas las Hadas se han dormido con ella! Por suerte habéis llegado vos, ¡sólo un Caballero Sin Mancha y Sin Miedo podrá salvarla!

Intenté explicarme:

—Ejem , ¡yo no soy un Caballero!

Lucila sacudió la cabeza.

—*¡Por los mil secretos de Tir N'An Og!* ¿Quién, sino un Caballero, habría conseguido llegar desde tan lejos para salvar a nuestra Reina? ¿Quién, sino un Caballero, sería tan valiente y generoso? ¡Se ve en seguida que sois un Caballero! Se ve también que la vuestra es una Compañía. ¿Puedo formar parte de ella?

Un Caballero...
Sin Mancha...
...y Sin Miedo

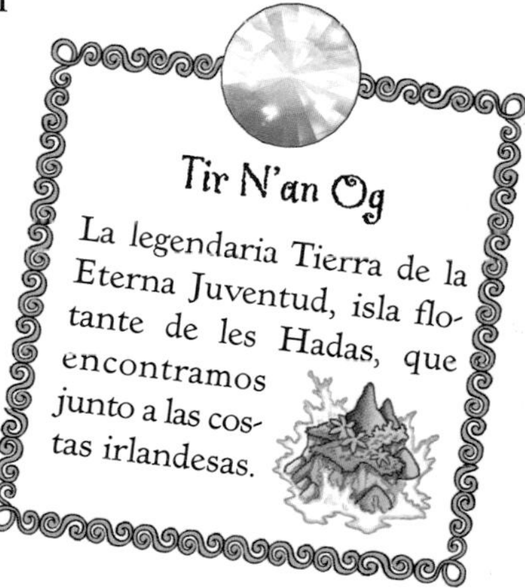

Respondimos a coro:

—Pues ¡claro! ¡Contigo seremos nueve!

¡Viva la Compañía de la Fantasía!

LLEGAN LOS TROLLS

De repente nos encontramos rodeados por un tufo horroroso.

El duendecillo olfateó, disgustado.

—**¡Qué peste!** Quizá se ha podrido alguna col... o quizá un arenque se ha descompuesto... o a lo peor son los calcetines de mi primo Guizo (que se lava una sola vez al año, el día de su cumpleaños)...

La luciérnaga gritó:

—¡Ese tufo es de Troll, os lo digo yo! ¡Cuidado con los Trolls, son aliados de la Reina de las Brujas!

T de **TONTOLINO**
R de **REPUGNANTE**
O de **ODIOSO**
L de **LELO**
L de **LUCIFERINO**

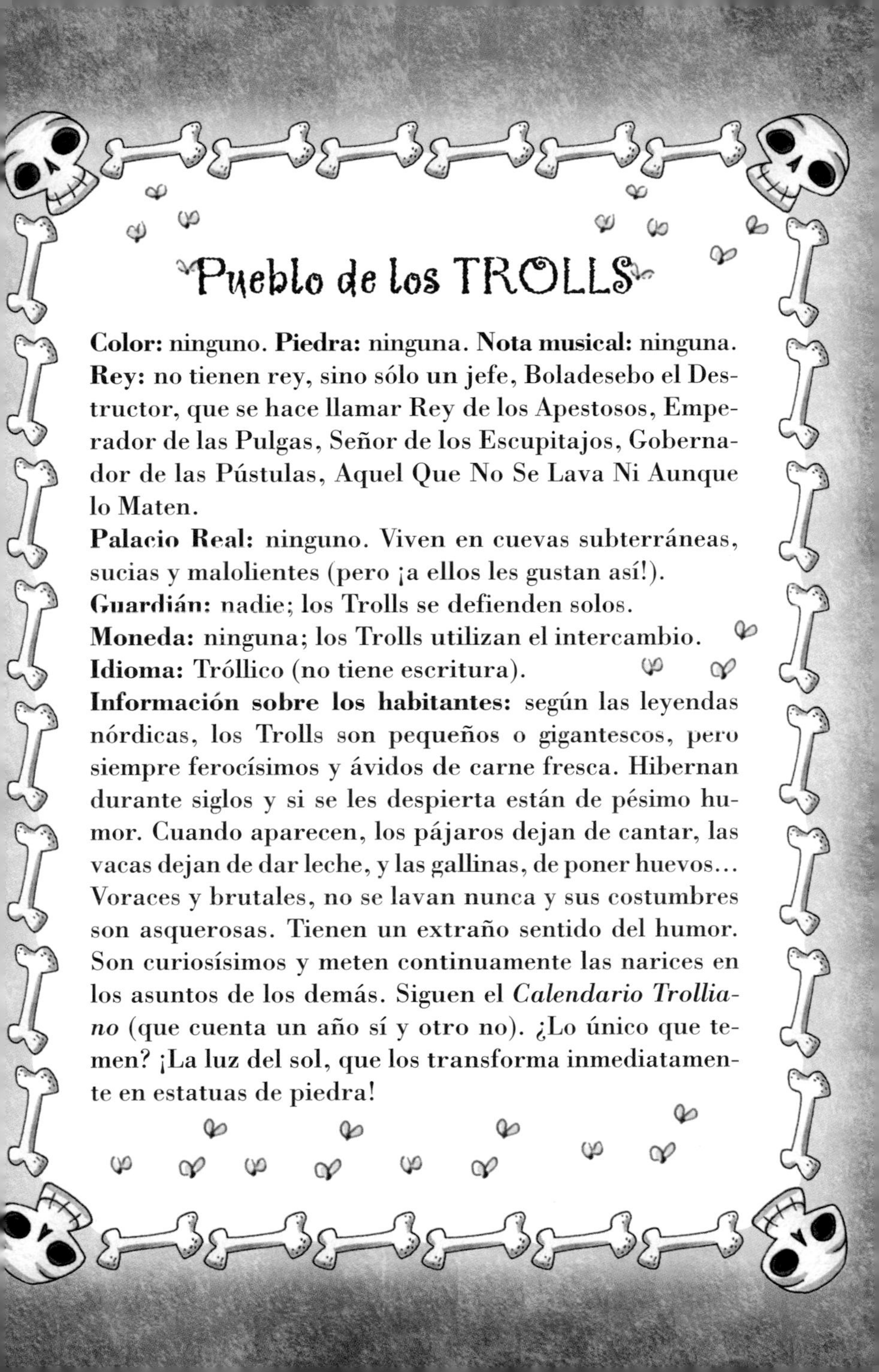

Pueblo de los TROLLS

Color: ninguno. **Piedra:** ninguna. **Nota musical:** ninguna.
Rey: no tienen rey, sino sólo un jefe, Boladesebo el Destructor, que se hace llamar Rey de los Apestosos, Emperador de las Pulgas, Señor de los Escupitajos, Gobernador de las Pústulas, Aquel Que No Se Lava Ni Aunque lo Maten.
Palacio Real: ninguno. Viven en cuevas subterráneas, sucias y malolientes (pero ¡a ellos les gustan así!).
Guardián: nadie; los Trolls se defienden solos.
Moneda: ninguna; los Trolls utilizan el intercambio.
Idioma: Tróllico (no tiene escritura).
Información sobre los habitantes: según las leyendas nórdicas, los Trolls son pequeños o gigantescos, pero siempre ferocísimos y ávidos de carne fresca. Hibernan durante siglos y si se les despierta están de pésimo humor. Cuando aparecen, los pájaros dejan de cantar, las vacas dejan de dar leche, y las gallinas, de poner huevos... Voraces y brutales, no se lavan nunca y sus costumbres son asquerosas. Tienen un extraño sentido del humor. Son curiosísimos y meten continuamente las narices en los asuntos de los demás. Siguen el *Calendario Trolliano* (que cuenta un año sí y otro no). ¿Lo único que temen? ¡La luz del sol, que los transforma inmediatamente en estatuas de piedra!

Tribu de los Trolls

1 - Sala del Despioje y de las Pústulas
2 - Sala del Ronroneo
3 - Sala de Tamboreo Estruendoso
4 - Sala del Trono Tróllico
5 - Atajo hacia el Reino de las Brujas
6 - Pasaje Secreto a la Sala del Trono

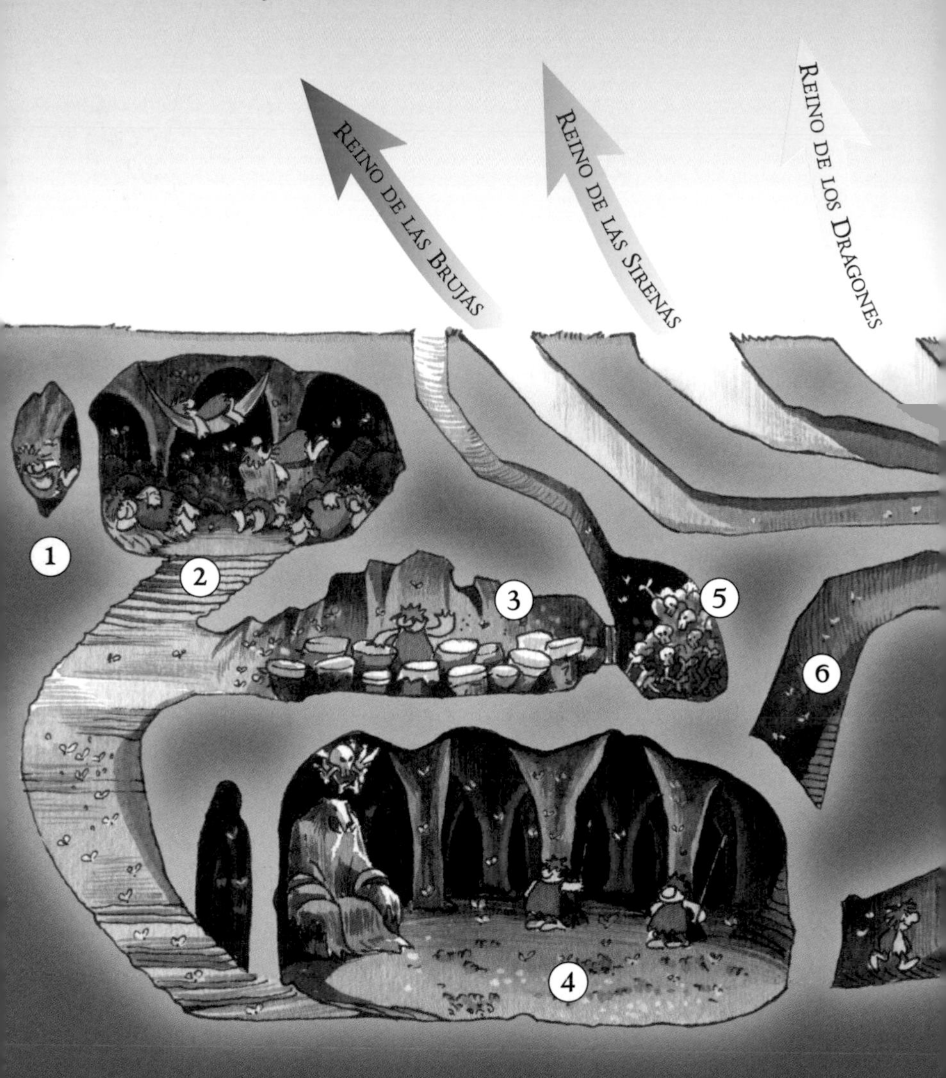

7 - Salida a los Siete Reinos de la Fantasía
8 - Sala del Hartazgo
9 - Cocina de los Trolls
10 - Despensa llena de carne podrida
11 - Sauna (los vapores provienen de la cocina)
12 - Baños de fango aromatizado con estiércol de dragón
13 - Gimnasio

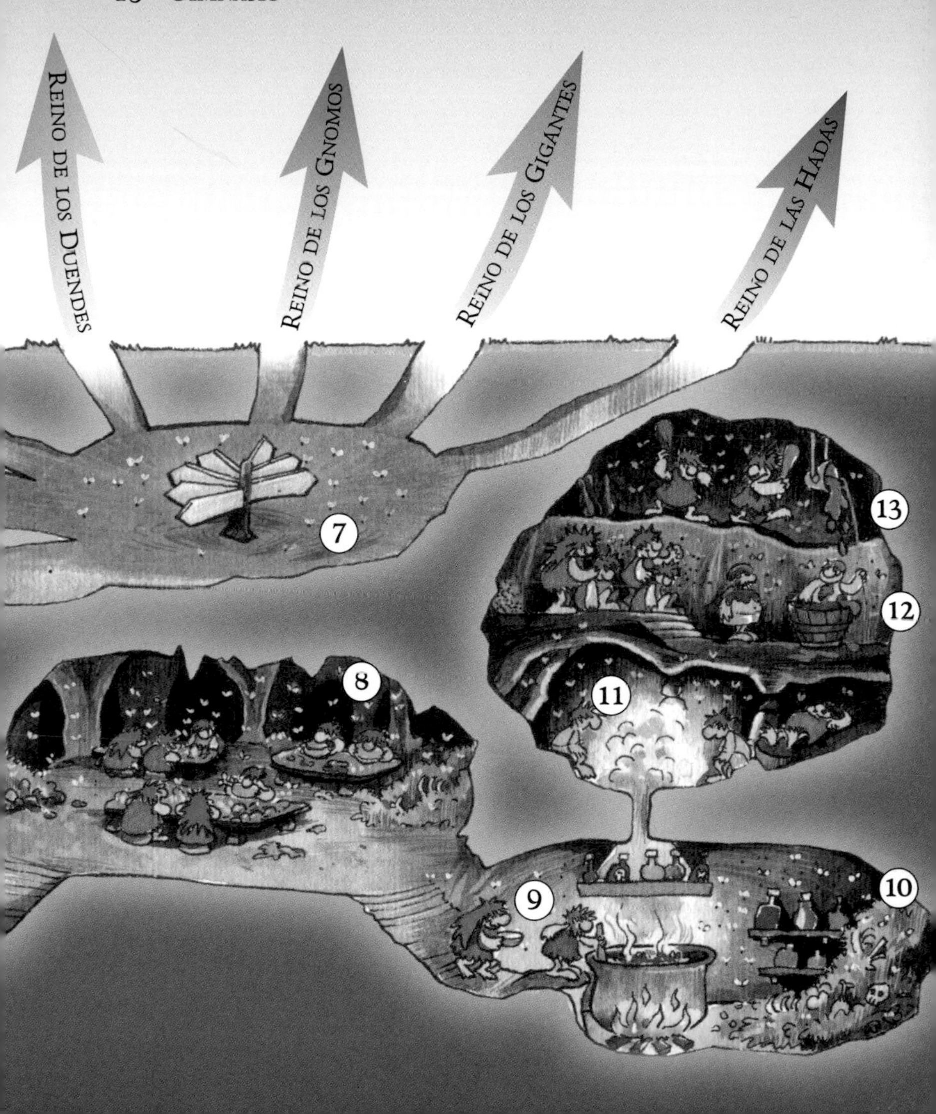

El Gigante señaló la hierba amarillenta y los árboles con la corteza arrancada.

—¡Por donde pasan, sólo dejan devastación!

¡El tufo continuaba aumentando!

Oímos un horrendo redoble de tambores...

En cuanto el sol cayó, empezaron a salir del subsuelo un montón de extrañas criaturas.

Era la tribu de los TROLLS.

Los espiamos desde detrás de una roca para que no nos vieran. ¡Cómo les olían los pies!

¡¡¡Frota los pies del Troll!!! ¡Verás cómo APESTAN!

¡BOLADESEBO, EL JEFE DE LOS TROLLS!

¡VERRUGAS, FURÚNCULOS, PÚSTULAS... Y PULGAS!

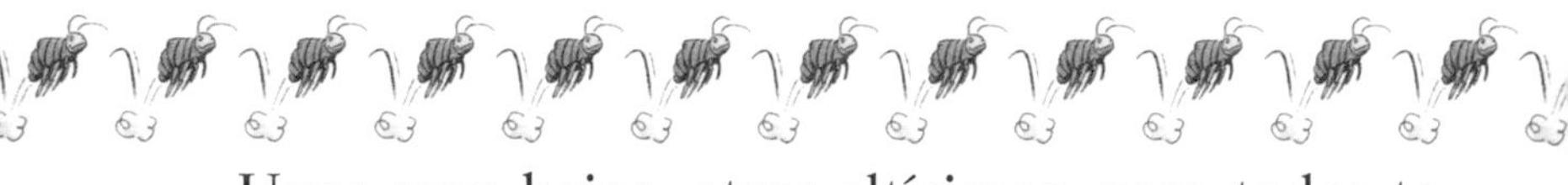

Unos eran bajos, otros altísimos, pero todos tenían unas narizotas de patata de las que colgaban mocos viscosos.

Tenían los dientes torcidos y salidos, la piel recubierta de **verrugas**, pústulas y **granos**.

De las narices les salían matas de pelos.

A primera vista, me pareció que llevaban zapatos: pero ¡era que sus pies tenían una espesa costra de suciedad! Se rascaban los sobacos apestosos, de donde saltaban pulgas y piojos.

A su alrededor volaba una turba de moscas que componían la palabra...

Con las uñas amarillentas se hurgaban las orejas y rebuscaban dentro de sus narices. Pero lo más asqueroso eran sus dientes cariados y su aliento hediondo.

¡Eso es lo que les sucede a los que nunca se lavan los dientes!

Diente cariado de Troll

Los tamborileros tocaron:

Trollesca, la mujer de Boladesebo, que vestía un delantal pringoso, dio unos golpes en un cazo con una tapadera mientras gritaba.

—¡Bostezosos apestosos, a la mesa! ¡La sopa está lista!

Trollesca probó una cucharada de sopa, pero protestó:

—¡Humm, no **Pica!**

Tiró en el caldero un manojo de guindillas extrapicantes gritando satisfecha:

—¡Ja ja jaaa, ahora sí que *pica pica pica*! ¡Vaya que si pica! ¡Gente, espero que tengáis apetito, garantizo un buen dolor de estómago a todo el mundo con este mejunje!

¡El espía de los Trolls!

Trollesca anunció:

—¡Pueblo de los Trolls, hoy se come Sopa Boba, una receta asquerosa, bulbosa, picantosa, roñosa y apestosa!

Boladesebo protestó:

—Humm, ¿le has puesto *lengua de murciélago*?

—Pues ¡claro!

—¿*Y babas de babosa gigante?*

—¡Claro que sí!

—¿*Y huevos podridos de cocodrilo?*

—Pues ¡claro que los he puesto!

—¿*Y larvas viscosas?*

—¡Por supuesto!

—¿*Y judiones tufosos?*

—Pues ¡claro!

Boladesebo se relamió los bigotes.

—Entonces ¡dame de esa sopota, Trollesca, que tengo una *hambre de orco*!

Los Trolls comieron escandalosamente.

¡Ñamgroarñamñamrequeteñamgrouñ

Después eructaron a coro.

—Y uno... dos... y tres... ¡BURP!

El eco hizo temblar los árboles del claro.

¡Qué espectáculo tan asqueroso!

De pronto, oí a alguien que me susurraba:

—Ejem, ¿necesitáis ayuda, Caballero? ¡Estoy a vuestro humild*ísimo* servicio!

Me volví asombrado, pero no vi a nadie.

—¡Ilustrí*simo*, aquí, delante de esta mata!

¡El camaleón cambia de color según el ambiente! Míralo mimetizado con la mata verde... sobre piedras grises... encima de suelo **marrón**... ¡y sobre la mochila naranja!

¡Quien había hablado era un camaleón!

¡Era **verde** delante de la mata, se convirtió en **gris** delante de una roca y después en **marrón** y al final en **naranja**! ¡Qué hábil era mimetizándose!

El camaleón hizo una reverencia:

—Ejem, mi nombre es **Pustulino**, soy sólo un *pobre pequeño pustuloso* camaleón, pero, ejem, estaría honrad*ísimo* de seros de ayuda. Ilustr*ísimo* Caballero, ejem, ¿en qué puedo servil*ísimamente* serviros?

Plumilla, ingenuo, se dejó embaucar:

—¡Oh, claro, necesitamos ayuda! Estamos aquí para salvarrr a la Reina de las Hadas y...

El camaleón hizo una reverencia exagerada.

—Ejem, espera un poco, ¿de verdad queréis salvar a la ilustr*ísima* Rei-

Camaleón: *reptil escamoso de cola prensil, ojos independientes uno de otro, lengua larguísima. Sabe mimetizarse, es decir, esconderse en el ambiente, cambiando el color de la piel según donde se encuentre.*

¡Adoro las mentiras!

Pustulino es el camaleón doméstico de Moquillo, hijo del Rey de los Trolls. Viscoso y mentiroso, es el espía de los Trolls porque consigue infiltrarse en cualquier sitio sin ser descubierto. ¡Le encantan los dulces!

na de las Hadas? Ejem, bien, muy bien, interesant*ísimo*...

El pérfido camaleón corrió hacia el hijo del jefe de los Trolls, chillando:

—Ejem... ¡Alarmaaa, Moquillo! ¡He descubierto enemigos peligros*ísimos*! ¡Hay que avisar rapi*dísimo* a la Reina de las Brujas!

Sólo entonces comprendí que el camaleón era...

¡...EL ESPÍA DE LOS TROLLS Y DE LAS BRUJAS

¡Paso a la Señora de la Oscuridad!

Mientras los Trolls nos rodeaban, los Tamborileros Tamborilerantísimos anunciaron la llegada de la Reina de las Brujas, que avanzó sobre un portante, rodeada de las hechiceras de su corte. Pustulino corría delante de ella chillando:

—Ejem, ¡paso a la Señora de la Oscuridad, a Aquella que Gobierna a las Criaturas de la Noche, a la Gobernadora de las Pesadillas! Ejem, ¡pasoooo! ¡Pasooooooooooo!

Brujaxa olfateó el aire:

—*Mmm, olorcito a ratón...* ah, eresss tú, Caballero. Tú, que vivesss en un mundo en el que nadie cree en la fantasía, ¿creíste que te habías librado? ¡Pero sssi apenasss conocesss la diferencia entre una *hada* y una BRUJA! De todos modosss ahora osss transformaré a todosss en cucarachasss. ¡Traedme unos cuantosss collarines de oro para mis nuevos ssservidoresss!

Todas las cucarachas de su corte suspiraron:

—¡AYAY!

El alba estaba a punto de llegar, y el sol, al salir, pondría en fuga a las Brujas y a los Trolls... Así que decidí ganar tiempo haciendo hablar a Brujaxa.

—Reina, habéis vencido, ¿estáis satisfecha?

—No, no estoy ssssatisfecha —se carcajeó—, porque nunca ssse tiene sssuficiente poder. ¡Sssiempre ssse quiere másss! Ahora que el Reino de la Fantasía está a mis piesss, buscaré otrosss mundosss para conquistar. Mandaré a mi Ejército Oscuro a la conquista... extenderé las Tinieblasss por el Universo... ¡y sssiempre ssserá de Noche! ¡Veréisss qué pesadilla!

¡Ayay! ¡Ayay! ¡Ayay! ¡Ayay! ¡Ayay! ¡Ayay! ¡Ayay! ¡Ayay! ¡Ayay! ¡Ayay! ¡Ayay! ¡Ayay! ¡Ayay! ¡Ayay! ¡Ayay! ¡Ayay! ¡Ayay!

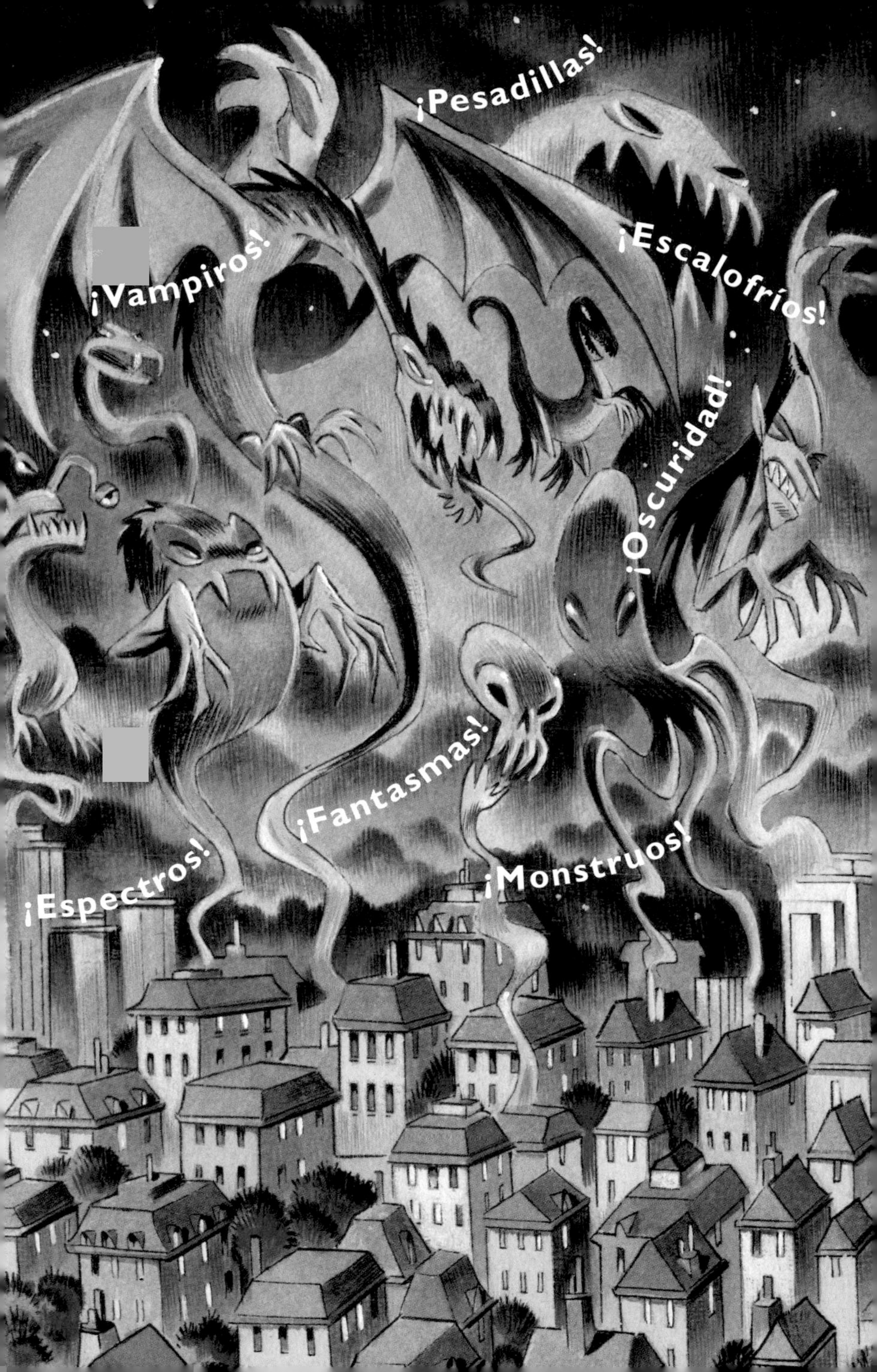
¡Pesadillas!
¡Vampiros!
¡Escalofríos!
¡Oscuridad!
¡Fantasmas!
¡Espectros!
¡Monstruos!

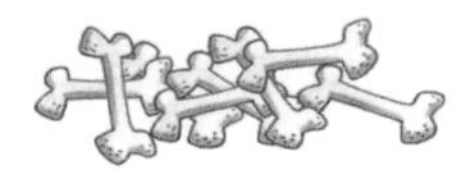

¡UN DÍA JUGARÉ A LOS BOLOSSS CON TUSSS HUESOSSS!

Pustulino hizo una reverencia frente a Brujaxa.

—Ejem, Majestos*ísima* Excelent*ísima* Graciosí*sima* Soberan*ísima*, ¿me recordáis? ¡Soy **Pustulino el Camaleón**! Ejem, soy sólo un *pobre pequeño pustuloso* camaleón, pero os he sido util*ísimo*, Majestad, *¿os acordáis?* ¡Yo, **Pustulino**, le llevé a Floridiana vuestra rosa envenenada! ¡Yo, **Pustulino**, he hecho que Floridiana se durmiera... y todas las Hadas del Reino con ella! ¡Yo, **Pustulino**, os he comunicado que la misión ha sido cumplida! He sido un buen camaleón, ¿no? ¿Os acordáis, Majestad? Me prometisteis: *¡mil golosinas... un quintal de buñuelos... cien bombones... y un saco de galletas! ¡Ñam ñam ñam!*

¡UNA ROSA ENVENENADA PARA FLORIDIANA!

Eso es lo que sucedió:

1. ¡Brujaxa, La Reina de las Brujas, vierte una gota de Veneno Verde en una rosa!
2. ¡Brujaxa le confía la rosa a Pustulino!
3. ¡Pustulino lleva la rosa a Floridiana!
4. ¡Floridiana se duerme!
5. ¡Pustulino vuelve con Brujaxa!

Brujaxa rió:

—Ah, goloso, apuesto a que crees que ahora te espera la recompensa, ¿eh? Quieres las chucherías, ¿eh? No ves la hora de lanzarte sobre los bombones, ¿eh?

Pustulino chilló feliz:

—¡Ejem, ¡sí! *¡Ñamñamñam!*

Ella le tiró de una oreja, le pellizcó la cola y le dio un caponcito en los morros.

—¡Estúpido, no te voy a dar nada, así aprenderás a aliarte con una bruja! ¡Las promesas de una bruja no valen nada! ¡Ja ja jaaa!

Todas las Brujas rieron a coro:

¡JA JA JA JA JA JAAAAAAAAAA!

Después entonaron a voz en grito una canción aterradora...

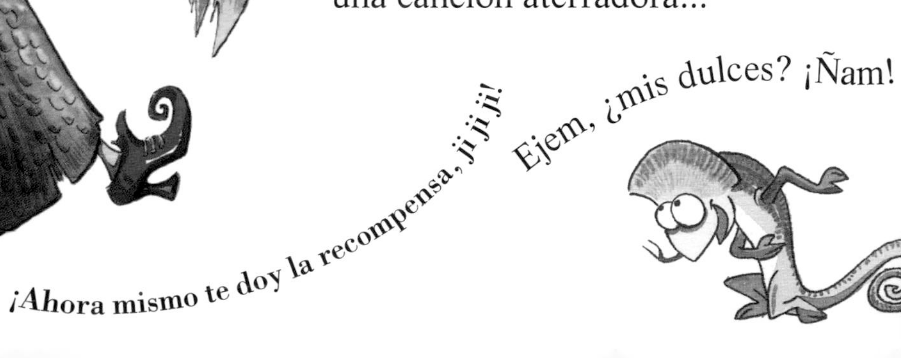

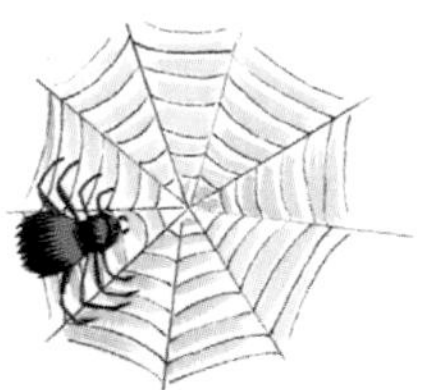

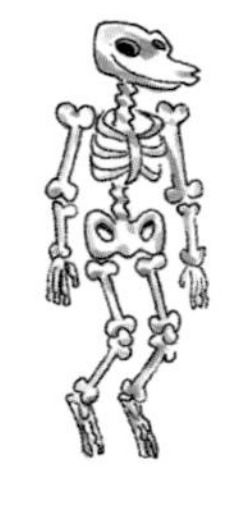

¡Trolls, orcos y espectros,
hombres-lobo y vampiros,
monstruos sanguinarios,
de vuestros sueños saldrán
y las calles invadirán!

Justo en aquel momento salió el sol, poniendo en fuga las sombras de la noche.

¡Apcnas hubo luz... Brujas y Trolls quedaron deslumbrados! Las Brujas huyeron hacia su oscuro Reino..., los Trolls se refugiaron en sus oscuras galerías.

Brujaxa chilló agitando la escoba:

—¡Toda la culpa es de ese Caballero, toda la culpa es de Geronimo de Stilton! Pero, cuidado, Caballero, *porque...*

...¡un día jugaré a bolosss con tusss huesosss!

Boladesebo me amenazó agitando la porra:

—Caballeruzo de mis pústulas, te aprovechas de que hay luz, pero como te encuentre en un rincóncito oscuro... *¡te machacaré, te aplastaré, te pulverizaré, te desmigajaré, te chafaré, te desmontaré, de deshuesaré, te descarnaré, te roeré, te descuartizaré, te desmembraré, te destrozaré, te masticaré, pero, sobre todo, te comereeeeeeé!*

Yo rebatí, fiero:

—¡Descubrirás que no es fácil acabar conmigo! ¡Palabra de Stilton, *Geronimo Stilton*!

Yo mismo me sorprendí de lo que acababa de decir. ¡Había sido valiente, precisamente como un verdadero Caballero!

Observé el cielo y en la luz, por un instante, me pareció leer una frase... *¡en alfabeto fantástico!*

¡Trece caramelos para Pustulino!

Brujas y Trolls habían huido.

Creía que sólo nosotros, la Compañía, permanecíamos allí, pero oí una vocecita... ¡Era **Pustulino**!

Él hizo una reverencia:

—Ejem, ilustr*ísimo* Caballero, he decidido no trabajar más para la mentiros*ísima* y la maleducad*ísima* y antipatiqu*ísima* Reina de las Brujas. Yo os acompañaré hasta donde está Floridiana, pero...

—Pero ¿qué? —Yo sospechaba de él.

A Pustulino le brillaban los ojos:

—Ejem, ¡querría, desearía, pediría... vuestro gustos*ísimo*, golos*ísimo*, dulc*ísimo* chocolate! *¡Ñam!*

—¿Cómo sabes que tengo **chocolate**?

—Ejem, sencill*ísimo*: ¡he hurgado en vuestra mochila, Caballero! *¡Ñamñamñam!*

Busqué en mi mochila:

—¡Te daré con gusto mi chocolate, pero ahora acompáñanos a donde está Floridiana!

Guiados por Pustulino llegamos finalmente al Palacio Real de las Hadas: ¡el Castillo de Cristal!

La luz rosada del alba lo iluminaba con un halo de ensueño..., pero nos acordamos de que todo estaba rodeado de la espesa Niebla Verde: ¿cómo conseguiríamos entrar?

Pustulino se jactó:

—Ejem, Caballero, yo sólo soy un *pobre pequeño pustuloso* camaleón, pero... ¡sé lo que hay que hacer! Cuando huí del Castillo de Cristal, después de haberle dado la rosa envenenada a Floridiana, dejé tras de mí un rastro: **¡trece caramelos verdes!** ¡Por si tenía que volver! Ejem, ¿he sido un buen camaleón, Caballero?

—Sí, has sido bueno, pero ¡ahora apresúrate!

Pustulino olfateó a su alrededor y lanzó un gritito:

—¡*Ñam*, aquí está el primer caramelo! ¡*Ñam*, y aquí el segundo! ¡*Ñam*, el tercero! *¡Ñam... ñam... ñam... ñam... ñam... ñam... ñam... ñam... ñam... ñam...!*

Siguiendo los trece caramelos dejados por Pustulino llegamos frente al portón del Castillo de Cristal.

Le di el chocolate al camaleón, que chilló feliz:

—Se ve que sois un verdadero Caballero: ¡vos mantenéis siempre las promesas! *Ñam, ñam, ñam.*

El beso de un Caballero Sin Mancha y Sin Miedo

El portón (de cristal) del Castillo (de cristal) de las Hadas se abrió en silencio.

Subimos una escalinata (de cristal) hasta un salón (de cristal) con suelo (de cristal), paredes (de cristal) y techo (de cristal).

En el centro, un centelleante lecho (de cristal) con columnas (de cristal), cubierta (de cristal), sábanas (de cristal), colchón (de cristal) y almohada (de cristal).

La Reina de las Hadas dormía profundamente. Su delicada tez resplandecía de luz, sus orejitas eran minúsculas. Tenía los cabellos entrelazados con diamantes y capullos de rosa... y tenía unas alas leves como la brisa. ¡Parecía al mismo tiempo jovencísima y una anciana con miles de años!

El sapo susurró:

—¡Ahora os toca a vos! ¡Sólo el beso

Sólo el beso de un Caballero...

de un Caballero Sin Mancha y Sin Miedo puede despertar a la Reina!

Yo tartamudeé:

—¡Pe-pero yo no soy un Caballero!

—¡Vamos vamos, no os hagáis el modesto!

—¡Que no soy un Caballero, te digo!

—¡Venga venga, que ahora todo depende de vos!

—En realidad, yo...

El sapo me empujó hacia adelante para animarme. Mil pensamientos pasaron por mi mente: *¿y si yo era el Caballero predestinado? ¿Y si* realmente yo era un Caballero Sin Mancha y Sin Miedo? *¿Y sí?... ¿Y sí?... ¿Y sí?...* Un rayo de luz penetró por la ventana, haciendo brillar mi chaqueta como la armadura de un caballero medieval. Me arrodillé con el ***corazón*** latiéndome fuerte y besé la mano de la Reina... Floridiana se despertó y sonrió con dulzura.

—*¡Caballero, os esperaba!*

Los ojos de la Reina brillaron con las lágrimas...

¡lágrimas de felicidad!

La Regla de Oro de las Hadas

De repente empezó a caer una lluvia leve y dulce como las lágrimas de Floridiana...

¡plic! ¡plic! ¡plic! ¡plic! ¡plic! ¡plic! ¡plic! ¡plic!

La lluvia purificó el Reino de las Hadas de la Niebla Verde.

Todas las Hadas se despertaron a la vez que Floridiana: ¡miles de luces brillaron a nuestro alrededor! Los rayos del sol, atravesando las gotas suspendidas en el aire, se dividieron en los siete colores y formaron en el cielo un arco iris, símbolo de paz. *Rojo, naranja, amarillo, verde, celeste, añil, violeta:* ¡por fin todos los colores estaban en armonía!

—*¡Armonía!* Éste es el secreto del Reino de las Hadas —explicó Floridiana—, cada uno es libre de hacer lo que desea... ¡respetando la libertad de los demás! No hay cerraduras en las puertas, y los caballos no tienen bridas. Cada uno tiene la Ley de la Justicia en el corazón ¡y nunca intentaría oprimir a los demás! ¡Es bonito recibir sin tener que pedir, y dar por el placer de dar! Así es entre hermanos y amigos de verdad, y así debería ser entre todo el mundo. Aquí, ninguna rosa tiene espinas y ningún corazón alimenta pensamientos malvados. El Pueblo de las Hadas no tiene ejército porque ama todo lo que existe en este y en todos los mundos. ¡El amor es la mejor defensa contra el mal: cuando *todos amen a todos*, nadie tendrá necesidad de defenderse!

La CORTE CONTENTA de las Hadas Consejeras nos agradeció haber salvado a Floridiana. Después recitaron a coro la Regla de Oro...

Arco Iris

Simboliza un puente entre la Tierra y el Cielo. Para los griegos antiguos representaba a Iridis, la mensajera de los dioses. En el libro bíblico del Génesis, el arco iris aparece después del Diluvio universal para señalar la amistad entre Dios y los seres vivos. Hoy es símbolo universal de paz.

¡Ésta es la Regla de Oro de las Hadas!

Atlantidia: ¡Hada del mar!

Nuboleta: ¡siempre tiene la cabeza en las nubes!

Zefiria: ¡Hada de los vientos!

Silvestria: ¡Hada de los bosques!

Florcalabacina: ¡Hada de los huertos!

Alegría: ¡Hada de la simpatía!

Destellina: ¡Hada que aparece y desaparece!

Cristalina: ¡nunca dice mentiras, es transparente como una gota de agua de la fuente!

Suspiria: ¡Hada silenciosa!

Serendula: ¡Hada veloz como un rayo!

Lil: ¡Hada de las flores!

Argentinula: ¡Hada de voz clarísima!

Bronquina: ¡Hada que devora el mal humor!

Honoria: ¡Hada más sabia!

Ondina: ¡Hada misteriosa!

Rosela: ¡Hada que cuida de los perfumes de las flores!

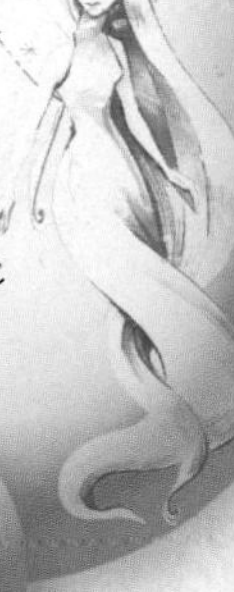

Bibi: ¡Hada más pequeñita!

Alegra: ¡Hada de sonrisa contagiosa!

Alturia: ¡Hada de las montañas!

La Verdadera Llave del Reino de la Fantasía

Floridiana preguntó:

—Caballero Sin Mancha y Sin Miedo, ¿cómo puedo agradecéroslo?

Yo hice una reverencia y sonreí:

—Luminosísima Majestad, yo no soy un Caballero. Y no deseo nada: lo que he hecho... *¡lo he hecho sólo por amor a la justicia!*

—¡Eso demuestra que sois un verdadero Caballero Sin Mancha y Sin Miedo! —sonrió el Hada.

—Majestad, quiero preguntaros algo: si quisiera volver aquí, ¿qué tendría que hacer?

—Para alcanzar el Reino de la Fantasía basta con cerrar los ojos y... **¡fantasear!** La Verdadera Llave del Reino de la Fantasía es, de hecho, ¡la Fantasía misma!

EL SECRETO DEL SAPO

Saludé a los amigos de la Compañía. Después dirigí un pensamiento afectuoso a Flor de Alga, recomendé a Fosforita que volviese a la escuela, abracé a los Gnomos, le estreché la pata al duendecillo y le di las gracias a Lucila. Saludé a Pustulino, a pesar de que fue dificilísimo encontrarlo: ¡había adoptado el COLOR DEL CRISTAL! Plumilla estaba medio oculto en una esquina.

—Caballero, sólo ahora puedo confiaros mi triste secrrreto. Un día Brujaxa raptó a mi hija y la convirtió en el Ave Fénix...

El sapo, desesperado, se apoyó en mi hombro, empapándolo de lágrimas (*¡ay!*).

—¡Desde entonces, mi hija está obligada a transportar volando a los huéspedes de la bruja!

Yo lo comprendí todo: ¡*por eso* a Brujaxa le pareció haber reconocido a Plumilla! ¡*Y por eso* el sapo y el Fénix intercambiaban miradas de complicidad!

Le pregunté asombrado:

—¿Por qué no lo has dicho antes?

—Oh, había una misión muy importante que llevar a buen término: ¡salvarrr a la Reina de las Hadas!

—¡Volveré y liberaremos a tu hija, palabra de

Stilton, *Geronimo Stilton*! A propósito, ¿estás listo para escribir tu próximo libro?

Se secó una lágrima con mi corbata (*¡ay!*).

—¡Caballero, no escrrribiré libro alguno, he comprrrendido que soy un simple Sapo Parlanchín Prrretencioso y Con Poco Talento! Vos sois un verdadero escritor... ¡yo como máximo puedo escrrribir la lista de la compra! ¡Os lo ruego, narrad vos la historia de nuestra **Gran Aventura**!

—De acuerdo, yo escribiré el libro... pero tu nombre aparecerá en la primera página, ¡porque sin tu ayuda nunca habría sido escrito!

Emocionado, el sapo se sonó las narices en la manga de mi chaqueta (*¡ay!*).

El Gigante me abrazó.

—¡Tenéis razón, Caballero! El Amor y la Amistad son poderosas medicinas! Volveré al castillo de mis antepasados, a Roca Halcón..., pero ¡ya no me sentiré sólo nunca más, porque ahora sé que tengo muchos amigos sinceros!

El Dragón del Arco Iris

Un Dragón de preciosas escamas de oro aterrizó a mi lado.

Floridiana ordenó:

—Dragón del Arco Iris, ¡acompaña al Caballero al Mundo de la Realidad!

Él echó un humo perfumado de rosas por las fosas nasales y se inclinó para que yo pudiera subirme a su lomo.

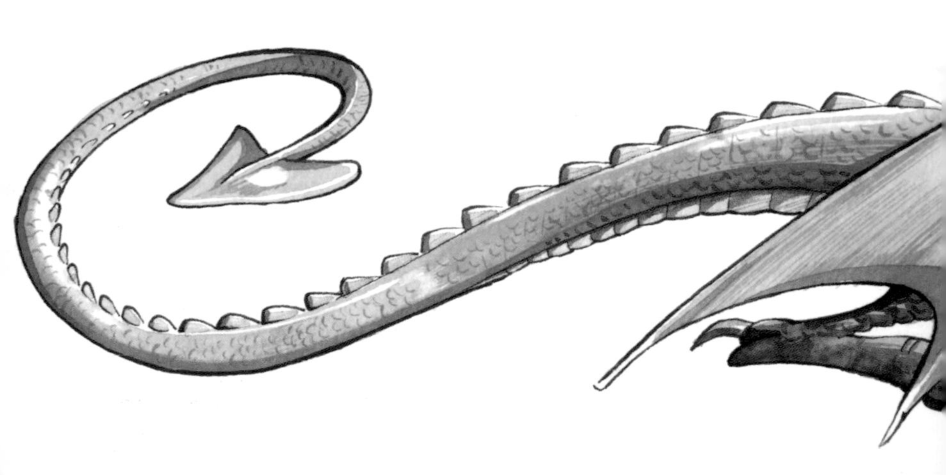

Dragón del Arco Iris

¡Tiene unas preciosas escamas de oro y siete cuernos de los colores del arco iris! ¡Por las narices exhala perfume de rosas! ¡Su rugido parece el repique de mil campanas de oro! ¡Su madriguera de oro está en la base del arco iris! ¡Se alimenta de felicidad! ¡Adora la música clásica! ¡Es fiel a Floridiana! ¡Tiene la fuerza de mil Dragones, pero para conquistarlo basta con rascarle las orejas: entonces ronronea contento!

Después alzó el vuelo batiendo las alas y lanzando un armonioso bramido que parecía el dulce repique de mil campanas de oro.

Le rasqué las orejas y el Dragón empezó a ronronear satisfecho. Me agarré a su cuello: debajo de mí vi desfilar los siete Reinos de la Fantasía. ¡Qué emoción! ¡Los bigotes me zumbaban con la velocidad!

El Dragón apuntó hacia una nube nívea como nata montada... ¡y se lanzó hacia ella con decisión!

¿DO-DÓNDE ESTOY?

Me desperté en el suelo polvoriento.

La cabeza me DABA VUELTAS.

—¿Do-dónde estoy?

Levanté la mirada hacia el cuadradito de cielo que se veía por la ventanita: ahora brillaba el sol.

Miré el reloj: ¡habían pasado **SIETE HORAS**!

Un rayo de luz penetró a través del cristal e hizo brillar algo... ah, sí, ¡la *cajita*!

Aguantando la respiración, levanté la tapa: una dulce melodía se difundió en el desván.

Se olía aún un perfume a rosas...

¡el perfume de las Hadas!

Pero ¡la llave de oro ya no estaba!

¡Tampoco estaba el pergamino!

¡Y yo ya no tenía la Marca de Llama!

Recorrí el desván con la mirada: *mis libros de fábulas..., el triciclo de Tea..., la sábana de Trampita...*, ¡todo estaba como lo recordaba! *¿Quizá todo había sido un sueño?*

De una cosa sin embargo estaba seguro: ¡tenía que escribir un libro que narrase aquella **fantástica** aventura!

Coloqué un cartel en la puerta:

Cerré la puerta con llave...

Bajé las persianas...

Desconecté el teléfono, el móvil, el fax y el portero automático...

Envié un e-mail a *El Eco del Roedor*: *¡No me busquéis durante tres meses, es decir, noventa días, a saber, 2.160 horas o, mejor dicho, 129.000 minutos, o lo que es lo mismo, 7.776.000 segundos!*

Conecté el ordenador y escribí durante meses sin interrupción, durmiendo poco cada noche, ¡royendo pedacitos de queso para darme **¡ENERGÍA!** ENERGÍA! ENERGÍA! ENERGÍA!

¡Finalmente el libro estuvo listo!

Recordé la promesa hecha al sapo y escribí en la primera página:

«¡CON LA COLABORACIÓN ESPECIAL DEL SAPO PLUMILLA VERDOSO!».

Descorrí el cerrojo de la puerta y me fui en seguida a *El Eco del Roedor*.

Anuncié a todos:

—¡He escrito un nuevo libro! ¡Se titula *En el Reino de la Fantasía*!

¡TUFOS, PERFUMES Y NOTAS MUSICALES!

Todos se agolparon a mi alrededor, curiosos:

—¿De qué habla tu nuevo libro, Geronimo?

—*En el Reino de la Fantasía* habla de muchas, muchas, muchas cosas: de Miedo y de Valentía, de Guerra y de Paz, de Luz y de Sombra, del Bien y del Mal... ¡pero sobre todo de Amor y de Amistad!

Recordé:

—¡Los pies de los Trolls desprendían un tufo terrible..., pero qué *dulce* era el perfume a rosa, del Reino de las Hadas! ¡Ah, si pudiese describir la PAVOROSA canción de las Brujas... y el hipnótico canto de las sirenas!

Mi primo Trampita me sacudió bajo las narices un calcetín.

—Geronimo, ¿a qué olían los pies de los Trolls?

¿A calcetines **PODRIDOS**? ¡Si sientes nostalgia de aquella peste puedo prestarte mis calcetines preferidos! Les tengo mucho cariño, ¡no los lavo desde hace un año!

Benjamín, en cambio, me trajo una rosa blanca.

—¿Cómo era el dulce perfume del Reino de las Hadas, tío? ¿Se parecía a éste?

Se me ocurrió una idea: para transmitir la emoción de aquella aventura fantástica tenía que transmitir a los lectores las mismas sensaciones que yo había experimentado!

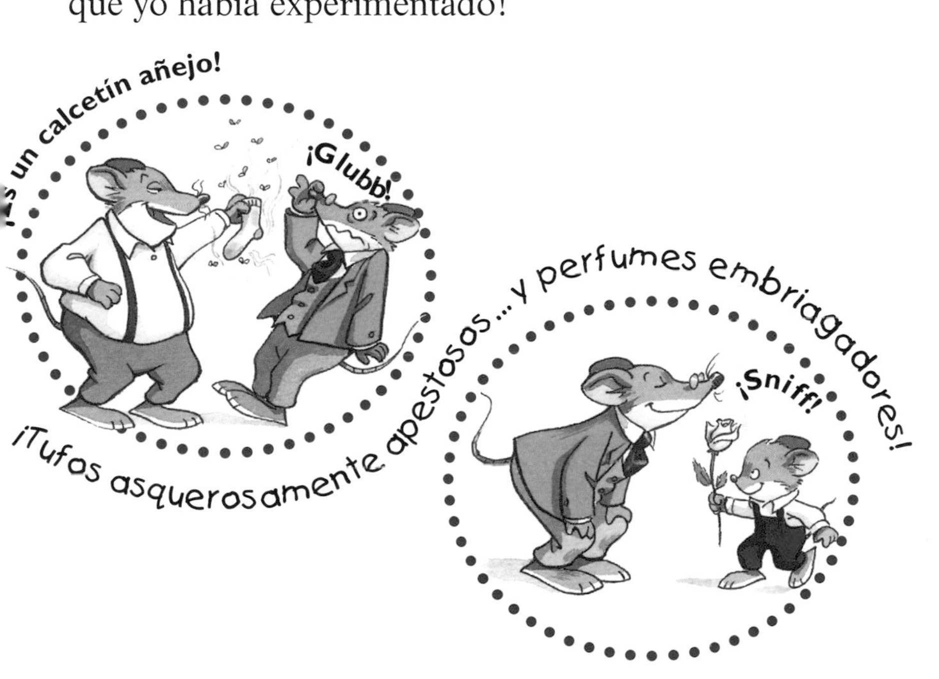

¡Decidí que *En el Reino de la Fantasía* sería el primer libro del mundo con tufos, perfumes y una banda sonora!

En primer lugar... imprimí con un sistema especial algunas páginas del libro, de modo que frotando la Puerta de cada Reino... ¡se oliese el tufo o el perfume correspondiente!

Cuando hojeé las primeras copias estaba emocionadísimo.

¡Cuántos **tufos** y cuántos **perfumes**!

Después pedí ayuda a todos mis amigos para la parte musical... Juntos escribimos los textos y compusimos la música. En el estudio de grabación cantamos las canciones «BIENVENIDOS A RATONIA», «LAS BRUJAS», «LAS SIRENAS», «LOS DRAGONES», «LOS DUENDECILLOS», «LOS GNOMOS», «LOS GIGANTES», «LAS HADAS», «EN EL REINO DE LA FANTASÍA» y también «GERONIMO STILTON».

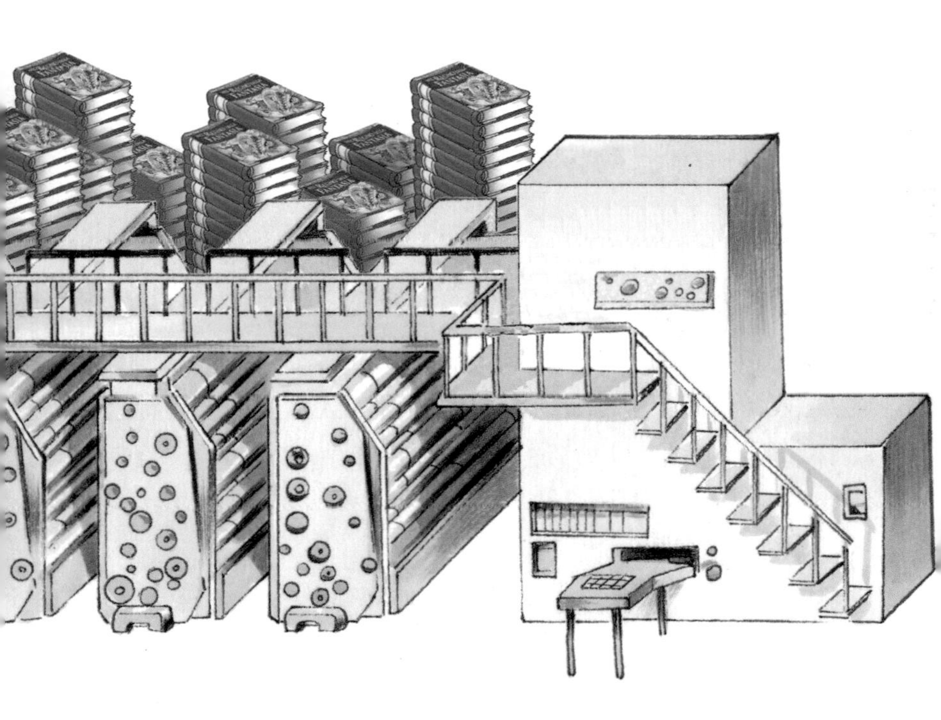

SALA DE GRABACIÓN:
1. Metelmorro Snif
2. Técnico de sonido
3. Director
4. Abuelo Torcuato
5. Entierratón Tenebrax
6. Tea Stilton
7. Pina
8. Benjamín Stilton
9. Pinky Pick
10. Escalofriosa Tenebrax
11. Trampita Stilton
12. Provolinda
13. Lena
14. Quesita Kashmir
15. Tenebrosa Tenebrax
En el Reino de la Fantasíaaaa...
¡Ji ji ji ji!
1
2

14
13
15
10
12
9
11
5
6
8
7
4
3

Invité a mi casa a Benjamín
y a sus amigos.
Me acomodé en mi sillón
preferido y todos se sentaron
a mi alrededor.
Abrí el libro y empecé a leer...

ELOGIO DE LA FANTASÍA

Leí el libro de un tirón y concluí:

—Así acaba esta aventura, pero recordad... *¡el principio de cada nueva historia es una Puerta para el Reino de la Fantasía!*

—Tío, ¿qué diferencia hay entre MAGIA Y FANTASÍA? —preguntó Benjamín.

Lo abracé con afecto.

—La MAGIA es cuando se utiliza un poder para cambiar la realidad. Pero es sólo una ilusión, ¡no basta con un toque de varita mágica para transformar las cosas que no se quieren aceptar! La FANTASÍA, en cambio, es la capacidad de mirar la realidad con ojos distintos y encontrar aquello que los otros no saben ver: ¡la Armonía donde hay Desarmonía, el Bien donde parece triunfar el Mal, la Luz donde parecen prevalecer las Tinieblas!

Estiré los brazos, como para echar a volar.

—Las alas de la Fantasía son importantes para volar alto, cada vez más alto. Cada uno debe tener la valentía de alzar el vuelo. Habla de tus sueños y de tus ideales con las personas quc amas, descubrirás que juntos podéis hacer realidad sueños bellísimos, ¡como un *mundo mejor*, lleno de *amor* y de *paz* para todos!

Y aquí está el DICCIONARIO DE LA FANTASÍA, presentado por...

¡*Plumilla Verdoso*!*

*Sapo de Primera Clase, licenciado por la Universidad de Elfiks en 'Mitología Fabulosa y Legendariogía Comparada', 'Chismes, Patrañas y otras Engañifas' y 'Filosofía de la Fantasía'. Además es experto en Brujología, Sirenalogía, Dragología, Duendología, Gnomología, Gigantología, Hadología, es Guía Oficial del Reino de la Fantasía, Intérprete Diplomado en Lengua Fantástica, Custodio de la Biblioteca Élfica, Consultor Exclusivo de Su Majestad la Reina de las Hadas (¡y nada de consultorías para Brujas y criaturas afines!).

¡Pssst, en la página 323 encontrarás el Código Secreto para traducir los mensajes en Alfabeto Fantástico!

A propósito, ¿has frotado las páginas especiales con tufos y aromas? (Páginas 41, 87, 121, 159, 187, 215, 247, 269.)

Diccionario de la Fantasía

y de las Criaturas Fantásticas

Reino de la Fantasía

Territorio: está compuesto por siete Reinos (Brujas, Sirenas, Dragones, Duendes, Gnomos, Gigantes, Hadas)
Idioma: cada Reino tiene su idioma, ¡pero la Lengua Fantástica es común a todos!
Moneda del Reino: Florín Fantástico.
Bandera: Estandarte de Oro de la Felicidad.
Unidad de medida: las distancias se miden con la Milla Fantástica, el tiempo con el Año Fantástico (818 de nuestros años).

Florín Fantástico

Época histórica: esta aventura se desarrolla en la Era del Grifo Rampante, en el ocho mil cuatrocientos duodécimo Año de la Fundación del Reino de la Fantasía. La antiquísima Historia del Reino de la Fantasía ha sido narrada por el Mago Fabulus en las *Crónicas Fantásticas*.
Dónde se encuentra: ¡para llegar basta con alzar el vuelo con las alas de la fantasía!

Código Secreto

¡Aquí está el **Código Secreto del Alfabeto Fantástico**, útil para traducir los mensajes secretos que hay en este libro!

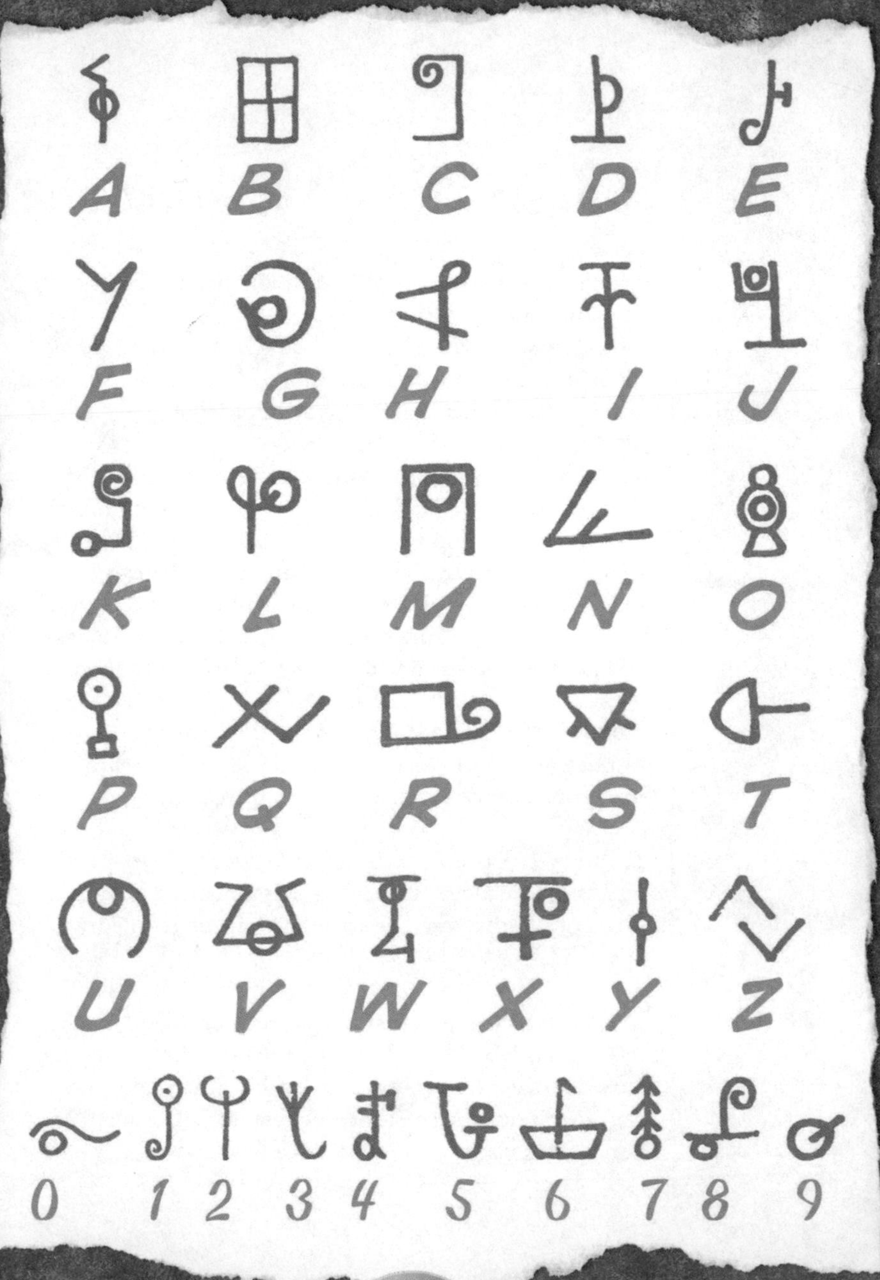

A B C D E

F G H I J

K L M N O

P Q R S T

U V W X Y Z

0 1 2 3 4 5 6 7 8 9

Significado de las piedras

Las piedras resisten el paso del tiempo, por eso siempre son símbolo de eternidad.
Moisés recibió los Diez Mandamientos sobre tablas de piedra. En la Gran Mezquita de la Meca (s. VII) se custodia la Piedra Negra sagrada del Islam.

Piedras en la Historia: los alquimistas del Medioevo buscaban la Piedra Filosofal, que permitiría transformar el plomo en oro. Muchas son las referencias a las piedras en los cuentos: en *Blancanieves*, los siete enanitos trabajan como mineros; en *Hansel y Gretel*, los dos niños encuentran el camino a casa gracias a las piedrecitas dejadas a lo largo del sendero.

Piedras preciosas: son minerales de particular luminosidad, color y transparencia. Se tallan para adquirir más calidad y se miden en quilates.

Rubí: piedra preciosa de color rojo vivo, transparente, abundante en Tailandia, Myanmar, Sri Lanka, Camboya, Tanzania. Según la leyenda, es la «piedra de la vitalidad».

Topacio: piedra preciosa que abunda en Brasil, Rusia, Myanmar, EE. UU., México, Nigeria, Sri Lanka. La variedad más valiosa es la amarilla. El topacio puede ser de grandes dimensiones (¡hasta de 250 kilos!). Según la leyenda, es la «piedra de la felicidad».

CUARZO: es un mineral ligero y duro, usado sobre todo en la industria electrónica. Puede ser de varios colores, a la variedad amarilla se le llama cuarzo amarillo. Según la leyenda, es la «piedra de la serenidad».

ESMERALDA: piedra preciosa verde, abundante en Colombia. Desde 1940 se producen también esmeraldas sintéticas. Según la leyenda, es la piedra del «amor verdadero».

ZAFIRO: piedra preciosa azul, abundante en Australia, Myanmar, Tailandia, Sri Lanka, Tanzania, EE. UU. El más preciado es el zafiro estrellado, con reflejos en forma de estrellas. Según la leyenda, es la «piedra de la sabiduría».

AMATISTA: piedra preciosa violeta, la variedad más preciada se encuentra en Brasil. Según la leyenda, es la «piedra de la espiritualidad».

DIAMANTE: piedra preciosa transparente, formada por carbón purísimo. Es el mineral más duro de todos. Refleja todos los colores, no es dañado por los ácidos. Se encuentra en Sudáfrica, Congo, Botswana, Rusia, Venezuela. Los diamantes pequeños e impuros se usan en la industria. Según la leyenda, es la «piedra de la pureza».

¿Fantasía o Imaginación?

Fantasía: del griego *pahino*, «mostrar».
Es la capacidad de la mente de inventar historias o situaciones fantásticas (sin ligazón con la realidad, con situaciones vividas o referencias concretas).
Ejemplo: *podemos fantasear con caminar sobre las nubes*, cuando en realidad no es posible... *podemos fantasear* con ser *otra* persona en *otro* lugar y en *otra* época, ¡sólo por el puro placer de la fantasía!

Imaginación: del latín *imaginare*.
Es un proceso creativo, influido por los estímulos de la vida diaria.
Ejemplo: *si leemos un libro... vemos una película... recordamos a un amigo lejano... viajamos a un país extranjero...* partiendo de estas experiencias reales podemos imaginar ser el protagonista del libro... de la película... o estar jugando con el amigo lejano... ¡o volver al país extranjero!

ABÁRIMON: misterioso pueblo que según las leyendas medievales camina con los pies vueltos del revés.

ALQUIMISTAS: científicos del MEDIOEVO que querían transmutar los metales comunes en oro con la PIEDRA FILOSOFAL.

ALVEN: duendes holandeses que pueden cambiar de forma. Viajan siem-pre de noche, transportados por el viento en pompas de jabón o en cáscaras de huevo.

AMAZONAS: valerosas mujeres guerreras de la

Duendes Alven

mitología griega, hijas de la ninfa Armonía y de Ares, dios de la Guerra. Su nombre viene del griego *a-mazos* (sin seno)

Amazona

porque, según la leyenda, las Amazonas se amputaban el pecho derecho para poder disparar mejor con el arco.

Andersen, H. C. (1805-1875): escritor danés, autor de los cuentos *La Sirenita*, *El patito feo*, *El soldadito de plomo*, *La princesa y el guisante*, *El traje nuevo del emperador*.

Andvari: personaje de la mitología nórdica que vive bajo la forma de un pez en una cascada. Posee el fabuloso anillo Andvaranautr.

Arakne: véase p. 56.

Andvari

Árbol: símbolo de unión entre el cielo y la tierra. Las raíces representan el mundo de los muertos, el tronco representa el mundo de los vivos y las ramas se alzan al cielo representando el mundo celeste. Según la leyenda, los árboles seculares estaban habitados por seres mágicos. Los Druidas, sacerdotes celtas, tenían ceremonias en bosques de robles, considerados mágicos. Los árboles siempre verdes eran símbolo de renacimiento, ¡por eso el árbol de Navidad es un abeto!

Sacerdote druida

ARCO IRIS: en la mitología griega el arco iris es símbolo de buenas noticias porque representa a Iside, la mensajera de los dioses. En el libro bíblico del Génesis, el arco iris aparece después del diluvio universal para señalar la amistad entre Dios y los hombres. Hoy es un símbolo universal de paz.

Arco iris, símbolo de paz

ARTURO: legendario rey de BRITANIA, citado en

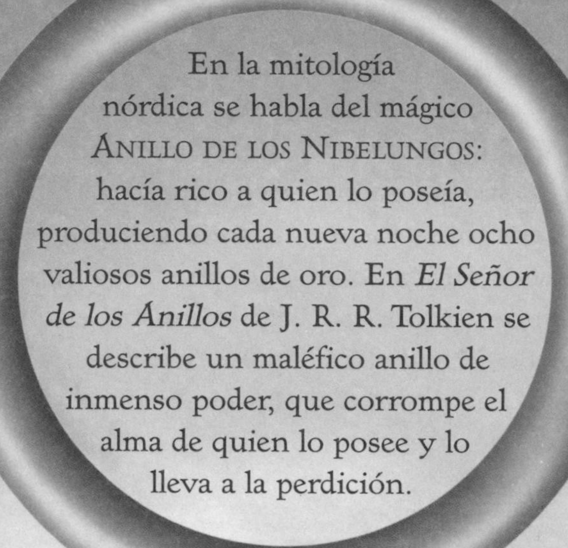

En la mitología nórdica se habla del mágico ANILLO DE LOS NIBELUNGOS: hacía rico a quien lo poseía, produciendo cada nueva noche ocho valiosos anillos de oro. En *El Señor de los Anillos* de J. R. R. Tolkien se describe un maléfico anillo de inmenso poder, que corrompe el alma de quien lo posee y lo lleva a la perdición.

Arturo y Ginebra

las leyendas del ciclo bretón (s. XII). El nombre significa «oso». Hijo del rey Uter Pendragon, Arturo fue criado por el mago MERLÍN. Extrajo de la roca la espada EXCALIBUR. Se estableció en CAMELOT y se casó con GINEBRA. Reunió a su alrededor a los valientes Caballeros de la MESA REDONDA.

ATLÁNTIDA: fabulosa isla de la que incluso habla el filósofo griego Platón. Fértil y rica, desapareció misteriosamente por una erupción volcánica. Según algunas teorías, correspondería a la isla griega de Santorino.

AVALÓN: isla legendaria donde en un lecho de oro reposa el rey ARTURO.

AZUFRE: elemento químico de color amarillo. Los ALQUIMISTAS pensaban que el azufre correspondía mágicamente al fuego, mientras el mercurio correspondía al agua.

Bruja Baba Yaga

BABA YAGA: bruja rusa siempre hambrienta que vive en una cabaña de huesos y se desplaza dentro de un caldero de hierro mágico.

Basilisco

BASILISCO: tiene cola de serpiente, alas de dragón, cabeza y patas de gallo y aliento venenoso. Su mirada petrifica, pero para vencerlo basta con hacer que se refleje en un espejo, así se petrificará a sí mismo.

BEFANA: en Italia, vieja arrugada que vuela sobre una escoba y lleva regalos o castigos a los niños el día de Reyes. No es una bruja... pero ¡lo parece!

BEOWULF: véase p. 151.

Berctha: fantasma femenino alemán con nariz de piedra y pecho de hierro cubierto de pelo. Vaga por el campo premiando a las buenas bordadoras y castigando a las perezosas.

Bergfolk: duende escandinavo que remueve la sopa con su larga nariz. Cabalga en caballitos de tres patas.

Duende Bergfolk

Black Annis

Black Annis: bruja caníbal de uñas de hierro y piel azul. Vive en una profunda caverna excavada por ella misma con las uñas.

Bonnacon: extraño toro medieval con cuernos retorcidos del que habla hasta Leonardo da Vinci. ¡Se defiende rociando excrementos corrosivos que queman todo lo que tocan!

Brownie

Britania: antiguo nombre de Inglaterra y de la Armórica (región costera nororiental francesa). Desde el siglo VII a. C. estaba poblada por los Celtas. Allí se ambientan las aventuras de Arturo.

Brocelandia: mágico bosque salvaje de la Britania, donde el mago Merlín y Viviana se enamoraron.

Brownie: duende doméstico irlandés, vestido con harapos. Ayuda en las tareas domésticas a cambio de comida. Si se lo molesta se vuelve malísimo.

Brujas: véase p. 45.

Budrina: bruja siciliana de las fuentes, atrapa y tira dentro a los que se asoman a ellas.

Caballero: guerrero medieval que juraba defender la verdad y a los débiles. Seguía un largo adiestramiento que terminaba con la ceremonia de su nombramiento.

Caballero del Cisne

CABALLERO DEL CISNE: un misterioso caballero (perteneciente al pueblo de los ELFOS) que navegaba sobre una nave tirada por cisnes para salvar a las doncellas en peligro.

CABALLERO VERDE: extraño personaje de cabellos y vestidos verdes que cabalgaba sobre un caballo verde y que combatió contra GALAHAD.

CABALLO: símbolo de fuerza vital. Caballo mítico fue PEGASO, pero también Árvakur y Álsvidur, que tenían símbolos mágicos tatuados en las orejas y según la mitología nórdica tiraban del Carro del Sol.

CAMELOT: ciudad del reino de Logres donde ARTURO tenía su castillo.

Caballero medieval

CANTO DE LOS NIBELUNGOS: poema épico alemán del siglo XIII que narra las aventuras del héroe Sigfrido. La historia fue retomada por el músico Richard Wagner en su opera *El anillo de los Nibelungos*.

CAVERNA: símbolo que representa el retorno a los propios orígenes profundos antes de un renacimiento físico y espiritual.

CEASG: sirena escocesa con cola de salmón; quien la captura puede hacerse conceder tres deseos... En cambio quien se enamora de ella se pierde para siempre en las oscuras profundidades abisales.

Ceasg

CELTAS: pueblo que entre los siglos VII y III a. C. se extendió por Europa central y occidental y en particular por BRITANIA. Estaban divididos en clanes. Sus sacerdotes se llamaban DRUIDAS.

Centauro

CENTAUROS: criaturas fantásticas con cuerpo de caballo y torso de hombre. Famoso fue el centauro Quirón, que luchó contra la astucia del héroe Hércules.

CERBERO: tremendo perro de tres cabezas de la mitología griega, guardián del Reino de los Infiernos. El héroe Hércules consiguió arrastrarlo hasta la superficie.

CHANGELING: cuando las hadas raptan a un bebé de su cuna, dejan en su lugar a un ser feo, el Changeling. Sin embargo, si se consigue hacerle reír, las hadas se lo vuelven a llevar.

CHORDEWA: bruja que se transforma en gato. ¡En cuanto chupa la sombra de sus víctimas, las tiene bajo su poder!

CÍCLOPE: gigante griego con un solo ojo; su jefe, Polifemo, fue cegado por Ulises mediante una treta.

Maga Circe

CIRCE: bruja de la mitología griega. Maga poderosa, había creado un filtro mágico con el que transformaba en animales a todos aquellos que desembarcaban en su isla, Eea. Sólo el astuto héroe Ulises consiguió vencerla.

CLURICAUNO: duende con gorro tricornio. Habita en los botes vacíos, tiene una bolsita con una moneda de oro que reaparece si se gasta.

COBOLDO: pequeño y hostil elfo alemán de larguísima cola peluda.

COGAS: brujas de Cerdeña que vuelan produciendo un ruido de trueno. Se transforman en moscones.

COMEPAPAS: brujo goloso y desdentado que se transforma en mosca para chupar la nata que se queda sin vigilancia.

COMPAÑÍA: la palabra «compañía» significa «quien come del mismo pan» y se refiere a un

Caballeros de la Mesa Redonda

grupo de personas unidas con un fin común (divertirse, viajar, trabajar) y que se ayudan unos a otros para alcanzarlo. Cada persona es diferente, y justo en eso reside la fuerza de una compañía, sus componentes se complementan unos a otros, ofreciendo cada uno su propia contribución. Compañías muy famosas fueron, por ejemplo, los míticos guerreros griegos Argonautas, que, guiados por el héroe Jasón, partieron a la conquista del Vellocino de Oro; los caballeros de la MESA REDONDA, que se reunían en el mítico reino de CAMELOT con el rey ARTURO; y finalmente, la Compañía del Anillo, compuesta por nueve amigos, protagonistas de *El Señor de los Anillos*.

CROQUIAOSA: criatura que vive en cuevas bajo los cementerios. Siempre a la caza de víboras, de su veneno destila una bebida que le encanta.

Croquiaosa

CUERVO: símbolo de mal agüero en nuestras tradiciones. En Oriente, en cambio, está considerado como un mensajero divino. Son cuervos famosos Hugin y Muninn, amigos del dios nórdico Odín.

CUGNET: dulce duendecito leve como un soplo, completamente vestido de negro. En la cintura lleva una clepsidra y un saquito con un polvo mágico que esparce sobre los ojos de los niños para hacerlos dormir e

Hugin y Muninn

Duende Cugnet

inspirarles dulces sueños.

Rey Dagda

DAGDA: rey de los ELFOS de Irlanda, tenía un caldero con el que alimentaba a todo su pueblo y una arpa mágica que tenía el poder de dormir irremediablemente a quien escuchaba su sonido.

DINGLING: criaturas con pezuñas de caballo y peludas de las rodillas hacia abajo.

DOGAI: bruja de Melanesia. Viste una túnica de conchas marinas y vive en una madriguera excavada en la arena de la playa. Tiene unas enormes orejas peludas y verrugosas, una le sirve de manta, la otra, de almohada.

Bruja Dogai

Domus de Janas: casitas de las hadas de Cerdeña. Son cavernas con puertas pequeñísimas por las que entran las Janas, haditas vestidas de rojo que tejen telas preciosas con hilos de oro.

Doncellas del Lago: hadas de Gales, bajo la superficie de los lagos construyen ciudades transparentes con castillos de torres altísimas. Viajan en barcos de oro.

Doncellas Verdes del Musgo: tejen con hilo verde el musgo de los bos-ques. Visten ropas del co-lor del musgo y son prácticamente invisibles. Con colores mágicos tiñen de oro las hojas en otoño.

Doncellas Verdes del Musgo

Doppelganger: el fantasma que es la copia perfecta de su víctima.

Drácula: personaje literario de un conde vampiro. Fue inventado en 1897 por el irlandés Bram

Conde Drácula

Stoker. Stoker se inspiró en la figura real del cruel Vlad Tepes III, que vivió en Transilvania hacia 1400.

DRAGONES: véase p. 125.

DRAGONES ORIENTALES: a diferencia de los occidentales, son pacíficos y simbolizan prosperidad. También son distintos físicamente: no tienen alas, su cuerpo es parecido al de una serpiente, no escupen fuego, tienen cuernos y crines de fuego. Habitualmente llevan una perla en la boca.

Dragón chino

DRUIDAS: sacerdotes de los CELTAS. Eran expertos en religión, poesía, astronomía y filosofía. Se reunían cada año para discutir los problemas de su pueblo. También las mujeres podían convertirse en druidas.

Duendes: véase p. 165.

Elfos: en irlandés se llaman *Tuatha de Danaan*, es decir, «hombres de la diosa». Tienen ojos que brillan como estrellas. Se los llama los «Luminosos». Tienen largos cabellos rubios entrelazados con flores y gemas. Son inmortales y eternamente jóvenes. Capaces de convertirse en invisibles, los elfos pueden leer el pensamiento y ver el futuro de los hombres.

Atención: Shakespeare y muchos otros poetas representaron a los elfos de estatura minúscula. En cambio J. R. R. Tolkien repetía que eso era un error: *¡de hecho, los elfos son altos y bellísimos!*

Pueblo de los Elfos

Escoba voladora: el vehículo preferido por las brujas para viajar.

En la mitología griega, el HÉROE era un personaje fuerte y valiente, hijo de un mortal y una divinidad. Héroes famosos fueron Hércules, que llevó a término los Doce Trabajos..., Perseo, que derrotó a la Medusa de los cabellos de serpiente..., y Jasón, que conquistó el Vellocino de Oro junto a los Argonautas.

Bruja sobre escoba voladora

ESFINGE: tenía cuerpo de león alado y cabeza de mujer. Vivía sobre una roca vecina a Tebas y devoraba a quien no sabía responder a su acertijo: «¿Qué animal camina primero a cuatro patas, luego con dos y después con tres?»., que sólo Edipo supo responder: «El hombre, que de pequeño gatea, de adulto camina sobre sus dos piernas y de anciano se ayuda de un bastón».

Esfinge

ESOPO: esclavo griego del 500 a. C., sus *Fábulas* tienen por protagonistas a animales que se comportan como hombres. Cada fábula tiene su moraleja.

EXCALIBUR: espada legendaria que el joven ARTURO extrajo de la roca, demostrando ser el verdadero rey de BRITANIA.

Excalibur

Su nombre significa «yo corto hierro y acero». Convertía en invencible a quien la blandía.

FÁBULA: cuento de origen popular que narra las aventuras de hombres y seres fantásticos como hadas, brujas y duendes. En prosa o en verso, sus protagonistas animales representan virtudes y vicios humanos. Contiene una moraleja.

FAIRIES: nombre inglés para designar a la hadas y todas las criaturas fantásticas (duendecillos, gnomos, etcétera).

FANGALABOLO: horrible murciélago nocturno que de noche se divierte tirándoles de los pelos a los viajeros.

Fangalabolo

FANTASMA: ser sobrenatural que vuelve del más allá porque ha dejado en este mundo situaciones no resueltas.

Fantasma de la Dama Blanca

Por ejemplo, hay:

—*espectros que infestan antiguos castillos* (como la Dama Blanca de etéreo vestido blanco, que aparece para anunciar desgracias).

—*fantasmas vagabundos* (como BERCHTA, la de la nariz y el pecho de hierro, que vaga por el campo alemán castigando a las doncellas perezosas).

—*fantasmas de animales* (como el Can Negro, gigantesco mastín inglés de pelaje negro como la pez, ojos rojos y gruñido pavoroso).

—*fantasmas de objetos* (como espadas o cadenas luminosas que aparecen en el vacío, o también autobuses, trenes y barcos fantasma, como el del HOLANDÉS ERRANTE).

FANTASY: género literario y cinematográfico que narra aventuras fantásticas de personajes sobrenaturales (hadas, brujas, gnomos), ambientadas en un Medioevo de fantasía, con elementos propios de las novelas de caballerías, de las sagas nórdicas, de las fábulas y de las mitologías. Las primeras novelas de este género datan de 1920.

FAR DARRIG: ¡Hostil duende irlandés de largos colmillos, especializado en inspirar pesadillas!

Far Darrig

FAUNOS: divinidades latinas de los bosques, tocaban la flauta y protegían de los lobos a los griegos.

Faunos

FEAR GORTAC: ¡cuidado con pisar esta hierba cultivada por las brujas! ¡Provoca un hambre insaciable!

FEDRO: esclavo de origen tracio, que vivió entre 20 a. C. y 50 d. C.; autor de FÁBULAS similares a las de ESOPO, que narran aventuras de animales que se comportan como hombres. Cada fábula tiene su moraleja.

Filtro de amor

FENETTES: haditas suizas de los lagos; quien las ve... tiene un año después un final horrible.

FÉNIX: véase p. 83.

Fénix

FILTROS DE AMOR: pociones mágicas que provocan en las víctimas sentimientos amorosos.

FÓRMULA MÁGICA: palabra o frase que tiene un efecto mágico. Por ejemplo, 'abracadabra', que significa «lanza tu rayo hasta el fondo».

Fuegos fatuos

FUEGOS FATUOS: aparecen como llamas azules en los cementerios al lado de las tumbas, o en los pantanos. En el pasado se creía que eran fantasmas; hoy en día se sabe que es un fenómeno científico debido a los gases.

FRAGOA: duende que provoca dolor de estómago.

FUDDETTU: duende que monta a lomos de un sapo. Devorador de huevos de gallina. Se divierte en casa intercambiando la sal por el azúcar, la mermelada por la manteca de cerdo y el aceite por el vinagre.

Fuente de la Juventud

Fuente de la Juventud: agua fabulosa capaz de rejuvenecer. Había una en el bosque de Brocelandia. Quien bebía demasiada... ¡desaparecía!

Galahad: el más valeroso y puro de los Caballeros de la Mesa Redonda, el único digno de encontrar el Santo Grial.

Galahad

Ghillie Dhu: duende escocés que se viste de musgo para mimetizarse con el entorno. Ayuda a los niños perdidos en el bosque a encontrar el camino a casa.

Gigantes: véase p. 221.

Ginebra: hija de Leodagan de Carmelide, se casó con Arturo y se convirtió en la Reina de Camelot.

Gnomos: véase p. 193.

Goblin: duende escocés mentiroso y ladrón, se divierte haciendo muecas.

Gorgonas: tres horrendos monstruos alados (Esteno, Eucíale y MEDUSA). Su mirada petrificaba y sus cabellos eran serpientes.

GRENDEL: monstruo del norte que saqueó Dinamarca en los tiempos del rey Hrodgar. Fue vencido por el héroe BEOWULF.

Santo Grial

GRIAL: cáliz legendario capaz de curar cualquier mal; según la tradición fue usado por Jesús en la Última Cena. Los Caballeros de la MESA REDONDA fueron en su busca.

GRIFO: hijo de una águila y de un león, con cabeza y alas de pájaro y cuerpo de felino. Era ocho veces más grande que un león, ciento veinte veces más fuerte que una águila y mil veces más feroz que un dragón. Originario de los desiertos de Armenia, custodiaba legendarios tesoros de oro.

Grifo

Grimm, Jacob y Wilhelm (1785-1863; 1786-1859): hermanos alemanes. Escribieron célebres fábulas populares tituladas *Las fábulas de los Grimm*, entre ellas, *Hansel y Gretel* y *Blancanieves*.

Halloween: el pueblo de los Celtas celebraba a finales de octubre la llegada del invierno con la fiesta de «*All Hallow Even*», que significa «Vigilia de todos los santos». Se encendían hogueras alrededor de las cuales se bailaba con máscaras para asustar a las brujas. En recuerdo de aquella antigua fiesta, aún hoy en los países anglosajones se festeja Halloween la noche del 31 de octubre.

Hechizo: rito mágico usado para embrujar.

Hidra de Lerna: monstruo de la mitología griega, el nombre significa «serpiente de agua». Vivía en los pantanos de Lerna, en los confines de la

Tierra de las Pesadillas. Su aliento era mortal. Tenía cien cabezas, todas monstruosas.

Hidra de Lerna

HIPOGRIFO: animal mitológico con cuerpo de caballo y cabeza y alas de águila.

HISTORIA INTERMINABLE, LA: obra del escritor alemán Michael Ende (1929-1995) que narra la historia de un niño, Bastian, que vive un fantástico viaje en compañía del dragón Fucur y de su inseparable amigo Atreiu.

Hobbit

HOBBITS: criaturas de pies peludos que viven bajo tierra, inventados por J. R. R. Tolkien. Hobbits famosos son Bilbo y Fro-

Holandés Errante

do, protagonistas de las aventuras de *El Señor de los Anillos*.

HOLANDÉS ERRANTE, EL: leyenda nórdica que habla de un barco fantasma que vaga por los mares gobernado por el Holandés Errante, fantasma de un capitán del siglo XV.

HOMBRES-LOBO: véase p. 86.

HULDRA: hada escandinava protectora del ganado. Viste largas túnicas para esconder la cola.

ITOTOK: hada egipcia del Nilo, durante las sequías protege a los campesinos.

JACK O'LANTERN: pérfido duende inglés de cabeza con forma de calabaza tallada. Hace perder el camino a los viajeros.

JANARA: bruja de la Campania con orejas de oso y alas de buitre. Tiene una voz ensordecedora y le gusta chillar en los oídos de sus víctimas. Entra volando por las ventanas.

Bruja Janara

KRAKEN: un legendario monstruo marino que hundía las naves en el mar del Norte. Hoy sabemos que probablemente se trataba de calamares gigantes, que pueden en efecto medir hasta cincuenta metros.

Kraken

JUGLAR: cantor que recitaba poemas inspirados en las gestas de los caballeros medievales.

KALEVALA: canciones, poemas y mitos en finlandés, transmitidos por los trovadores, que hasta el siglo XIX no fueron recopilados en forma de libro por un estudioso.

LABERINTO: construcción compleja de nume-

Entre las criaturas fantásticas muchos son CABALLOS, como el caballo blanco alado Pegaso, que fue domado por el héroe griego Belerofonte..., pero también el salvaje Sleipnir, monstruoso y velocísimo caballo de ocho patas del dios nórdico Odín.

rosos caminos y encrucijadas. Construida por el arquitecto Dédalo por orden de Minos, rey de Creta, para el **MINOTAURO.**

LA FONTAINE, JEAN DE (1621-1695): poeta francés, compuso doce libros de *Fábulas* inspiradas en las obras de Fedro y Esopo.

LAMIA: bruja griega que vive en grietas y sale de noche. Se transforma en una serpiente de escamas doradas.

LANCELOT: valeroso Caballero de la MESA REDONDA criado por VIVIANA. Estaba perdidamente enamorado de la reina Ginebra.

Lancelot y Ginebra

LAUMES: hada del Bálti-

Hada Laumes

co, tiene los cabellos tan largos y espesos que le sirven como vestido.

Lauros: duendes del Sur que anudan las colas de los caballos y rompen las mantas de quienes duermen. Cuando encuentran a alguien le preguntan: «¿Quieres oro o carbón?». Si la persona responde «Carbón», le regalan oro (hacen siempre lo contrario).

Leanan Shide: hada irlandesa que inspira la fantasía de los poetas.

Lemures: fantasmas de la antigua Roma. Vagaban de noche. Para alejarlos había que chascar los dedos.

Leprecauno: duende irlandés que fabrica sólo zapatos izquierdos y que en el pie derecho lleva una media.

Leprecauno

Leviatán: antiquísimo monstruo marino de los fenicios, similar a una serpiente, que cuando aparece el mar hierve. ¡Escupe fuego por la boca!

LEYENDA: cuento fantástico en el que hay siempre un fondo de verdad.

LAGO NESS: lago escocés donde aparece el mítico monstruo Nessie. Ha sido visto por miles de personas, pero nadie puede decir que exista de verdad...

LICÁNTROPOS: véase Hombres-lobo, p. 86.

LIR: mítico antiguo rey de las leyendas irlandesas.

LORELEI: bellísima ninfa que vivía en un escollo en la orilla del río Rin. Con voz hechizante provocaba el naufragio de los marinos.

Ninfa Lorelei

MAGIA: ilusión de poder transformar la realidad que nos circunda.

MAGOS: personas expertas en prácticas mágicas. El más famoso es seguramente MERLÍN.

MAGO SIETECHAQUETAS: orco con siete chaquetas, debajo de cada una esconde una trampa. Tiene patas de jabalí y le sale humo por la boca.

MALEFICIO: hechizo malvado de una bruja.

Bruja Mama Paduria

MAMA PADURIA: bruja rumana que tiene garras de oso y cabellos larguísimos.

MANDRÁGORA: véase p. 81.

MANTICORA: criatura con cabeza humana, cuerpo de león y cola de escorpión que lanza flechas envenenadas.

MARANTEGA: en Venecia los niños llaman así a la Befana, la vieja fea pero buena que en la noche de Reyes trae los regalos a los más pequeños.

Bruja Marta Pettena

Marta Pettena: bruja sarda que aparece a mediodía vestida de clavos y armada con un enorme peine mellado.

Bruja Masciara

Masciara: bruja de Basilicata que entra en casa por el agujero de la cerradura.

Medioevo: significa «edad del medio». Este período empieza en 476 (caída del Imperio romano de Occidente) y acaba en 1492 (descubrimiento de América). Se divide en el Alto Medioevo (antes del año mil) y Bajo Medioevo (después del año mil). En el curso del Medioevo en toda Europa se desarrolló el sistema económico, social y político llamado feudalismo.

Medusa: una de las tres Gorgonas. Quien la miraba al rostro quedaba petrificado. Fue vencida por el héroe Perseo, que la decapitó observando su reflejo en su escudo.

Medusa y Perseo

MERLÍN: mago maestro de ARTURO. Enseñó las artes mágicas a VIVIANA, la Dama del Lago, que aprovechó para aprisionarlo para siempre en una prisión invisible de aire.

Mago Merlín

MESA REDONDA: mesa en torno a la cual se reunían los CABALLEROS del rey ARTURO.

MIL Y UNA NOCHE, LAS: colección de cuentos árabes de los siglos XII-XVI. Incluyen *Aladino y la lámpara maravillosa*, *Alí Babá y los cuarenta ladrones* y *Simbad el marino*.

MINOTAURO: monstruo mitológico con cabeza de toro y cuerpo humano,

Minotauro

hijo de Minos, rey de Creta. Minos lo encerró en el LABERINTO. Cada año el Minotauro devoraba a siete jóvenes y siete doncellas griegas, hasta que apareció el héroe griego Teseo, que lo mató. Teseo consiguió salir del Laberinto gracias a un hilo que le dio Ariadna.

MITO: es una explicación imaginaria de los grandes eventos de la historia del hombre. La mitología es la ciencia que estudia todos los mitos del mundo.

MORALEJA: Enseñanza sobre el Bien y el Mal. Muchas fábulas contienen una moraleja.

Teseo

Fata Morgana

MORGANA: hermanastra del rey ARTURO, aprendió las artes mágicas del mago MERLÍN.

MU: la Tierra de Mu, un continente legendario en el Pacífico, desapareció junto con la ATLÁNTIDA. Sus habitantes eran pacíficos y espirituales. También era llamada «Lemuria».

MUJERCITA GRIS: pequeña y modesta hadita doméstica que habita en las habitaciones vacías. Protege la casa de las polillas.

MULUKWANSI: bruja de las islas Trobriand. Vive sobre los árboles, le apestan los pies, cuyo olor se huele a kilómetros de distancia. Se transforma

Bruja Mulukwansi

en luciérnaga para viajar de noche.

NARYANA: serpiente de siete cabezas del mítico continente de MU, protegía a la humanidad ofreciéndole el don de la memoria.

NÁYADE: ninfa de la mitología griega protectora de los ríos y de las fuentes.

Nereidas

NEREIDAS: ninfas marinas que cabalgan a lomos de delfines y viven en grutas de oro.

NIBELUNGOS: significa «seres de la niebla». En la mitología germánica son criaturas del subsuelo habilísimas en producir anillos mágicos. Su legendaria historia es narrada en el poema del siglo XIII *El Canto de los Nibelungos*.

NINFAS: en la mitología clásica, divinidades femeninas ligadas a la naturaleza.

OBERÓN: rey de los elfos, de quien habla Shakespeare en su obra *El sueño de una noche de verano*. Su esposa era Titania.

Orco y Orquesa

ORCOS: malvadas criaturas que devoran niños. Tienen una estatura gigantesca y dientes afilados.

OVINNIK: duende ruso, le gusta transformarse en gato negro; se lo reconoce porque no maúlla, ¡sino que ladra!

PEGASO: caballo alado. Nació cuando el héroe Perseo decapitó a MEDUSA, monstruo de cabellos de serpiente. Fue domado por el héroe Belerofonte.

Pegaso

PERGAMINO: piel de cordero o cabra macerada o curtida. Toma su nombre de Pérgamo, donde se producía. Utilizado desde el siglo III, fue sustituido por el papel en el siglo XIII.

PERRAULT, CHARLES (1628-1703): escritor francés, autor de cuentos infantiles como *Caperucita Roja*, *El gato con botas*, *La bella durmiente del bosque*, *Cenicienta*.

PIEDRA FILOSOFAL: piedra mágica que según los ALQUIMISTAS permitía transmutar los metales en oro.

PIXIES: duendes burlones con sombrero rojo y nariz respingona. Hacen perder el camino a los viajeros.

POLTERGEIST: espíritu burlón que se divierte haciendo trastadas en las casas, cambia los muebles de sitio y hace volar objetos.

Poltergeist

POTTER, HARRY: personaje de J. K. Rowling (1965), escritora inglesa. Harry va la Escuela de Magia de Hogwarts donde combate contra las fuerzas del Mal con sus amigos Hermione Granger y Ron Weasley.

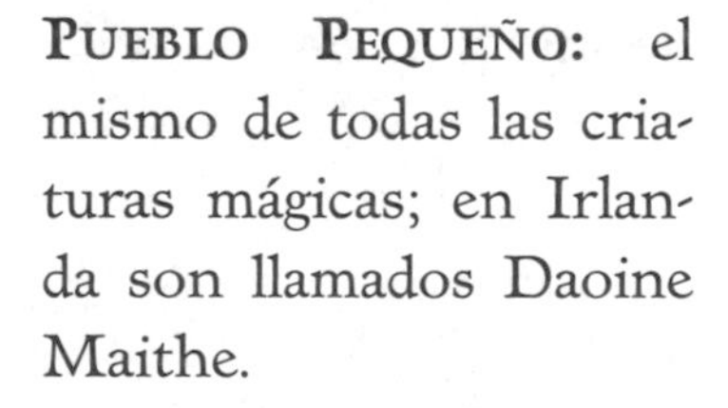

PUEBLO PEQUEÑO: el mismo de todas las criaturas mágicas; en Irlanda son llamados Daoine Maithe.

QUIMERA: monstruo griego con cabeza de león, cuerpo de cabra y cola de dragón, escupía fuego. Fue abatido por Belerofonte con la ayuda de PEGASO.

Quimera

RUNAS: antiguo alfabeto germánico, esculpido en piedras (s. III a. C.). La

Runas esculpidas en piedra

palabra «runa» significa «secreto» en la antigua lengua gaélica.

SALAMANDRA: véase p. 64.

Salamandra

SEÑOR DE LOS ANILLOS, EL: trilogía fantástica del escritor J. R. R. TOLKIEN, estudioso de las leyendas sajonas y celtas. Narra la mítica aventura de la Compañía del Anillo, nueve personas unidas para combatir el Mal y hacer triunfar el Bien en un lugar mítico llamado la Tierra Media.

SIGFRIDO: héroe de la mitología nórdica, convertido en invulnerable por la sangre del dragón Fafnir, excepto en un punto de la espalda. Sus aventuras se narran en la obra *El Canto de los Nibelungos*.

Sigfrido

Sílfides

Sílfides: hadas griegas del agua.

Sirena: tiene la parte superior de mujer y la inferior de un animal acuático. Hay mujeres-salmón, mujeres-delfín, mujeres-foca... Cuando un marinero se enamora de una Sirena, para poder casarse con ella debe hacer voto solemne de no pescar nunca más.

Sirena

Sleipnir

Sleipnir: caballo de ocho patas, del dios Odín.

A menudo se considera al MAGO como el equivalente masculino de una Bruja, pero no es así... El Mago la mayoría de las veces es benévolo, mantiene alianzas con las hadas y socorre a quien necesita ayuda. Un ejemplo de Mago bueno es Merlín, que ayuda a Arturo a conquistar el trono de Britania.

Sombrero Rojo

Sombrero Rojo: malvado duende irlandés que vive en las ruinas de los castillos. Tiene garras de águila, lleva botas de hierro y un sombrero rojo sangre.

Sortilegio: encantamiento malvado de una bruja.

Stonehenge (Anillo de los Gigantes): círculo de piedras cercano a Salisbury, en Inglaterra (construido entre 2800 y 1500 a. C.). Era un observatorio astronómico.

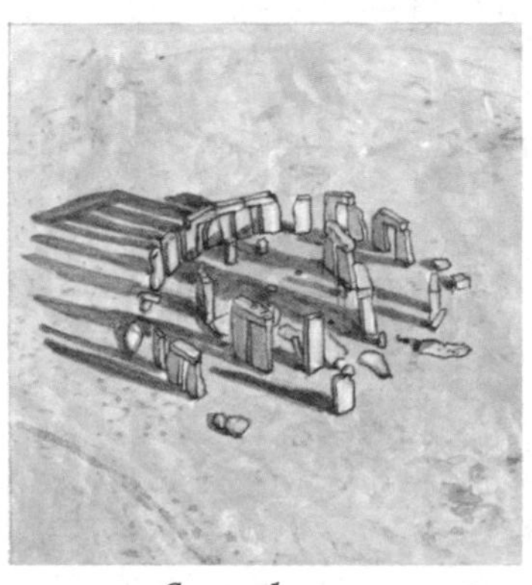

Stonehenge

Sural: bruja tártara que cabalga del revés. Les hace tremendas cosquillas a sus víctimas. No se lava nunca. De hecho, de lo único que tiene miedo es... ¡del agua!

TALISMÁN: objeto sobre el que se ha pronunciado una fórmula mágica. Tiene poderes defensivos contra el Mal.

TIR N'ÁN OG: véase p. 263.

TOLKIEN, J. R. R. (1892-1973): autor británico que escribió la novela fantástica *El Hobbit* y la trilogía de *El Señor de los Anillos*.

TREINTAPERROS: bruja toscana que invita a los niños a su casa del bosque y después se los come. Cuando pasa, se oye el viento ulular salvajemente.

Bruja Treintaperros

TRITONES: véase p. 105.

TROLL: véase p. 265.

UNICORNIOS: véase p. 258.

Vampiros: según las leyendas eslavas, eran cadáveres que de noche abandonaban sus tumbas. ¡Sólo temían a la luz del sol y al ajo!

Vampiro

Viviana: la Dama del Lago, vivía en el fondo de un lago cristalino. Después de haber aprendido del mago Merlín las artes mágicas, lo recluyó en una cárcel de muros de aire.

Castillo de Viviana

Xiann-Nu: hada china con colmillos afilados y larga cola de leopardo. Habita en un palacio de plata reluciente en la Luna y se nutre de rayos de luz.

Xiann-Nu

YAMAUBA: pavorosa bruja de las regiones montañosas japonesas. Si se la molesta causa desastrosos aludes. En la frente tiene una boca que ríe aterradoramente. Por cabellos tiene intrincadísimas serpientes venenosas con las que atrapa al vuelo a los niños, a los que después devora.

YETI: llamado también el «Abominable Hombre de las Nieves». Hay quien dice haberlo visto en los altos picos nevados del Himalaya y haber encontrado sus enormes huellas en la nieve. El yeti tendría tres metros de altura y estaría recubierto de una espesa mata de pelo gris.

Queridos amigos lectores:

Cada referencia a nombres, personajes, monstruos, mapas, localidades, hechos citados en esta aventura son... ¡absolutamente de fantasía!

El Diccionario de la Fantasía os será útil para inventar miles de historias fantásticas en las que vosotros podréis ser los héroes.

¿Estáis listos para partir también vosotros hacia el Reino de la Fantasía?
Entonces ... ¡Buen viaje!

Índice

En el Reino de los Dragones

En el Reino de los Duendes

En el Reino de los Gnomos

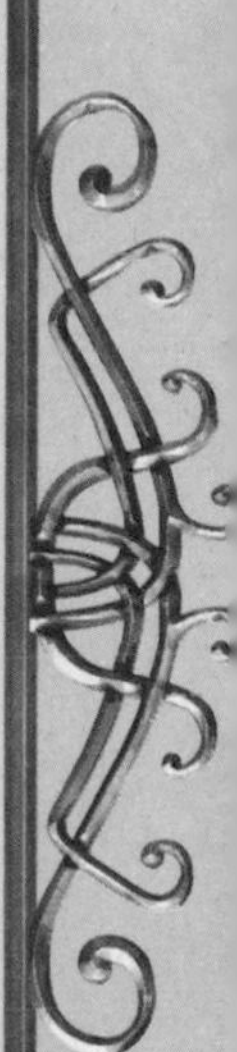

En el Reino de los Gigantes

En el Reino de las Hadas

Este libro está dedicado con mucho afecto a Laura... que me ha seguido con coraje en la aventura de El Eco del Roedor, compartiendo conmigo los días gloriosos de los gatos y de la centrifugadora.
A Laura, ¡Reina de los Duendes!

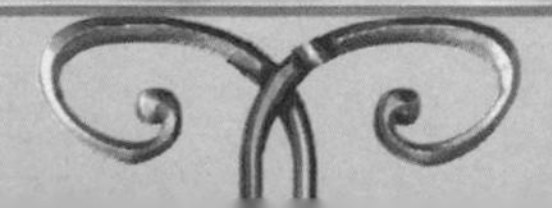

Textos de Geronimo Stilton
Redacción y coordinación de Certosina Kashmir
Ilustraciones de interior de Larry Keys, Topica Topraska, Mary Fontina, Johnny Stracchino y Topilia Aristoratti
Cubierta, mapas, paisajes y puertas de Iacopo Bruno
Ilustraciones del Diccionario de la Fantasía de Michelangelo Miani
Diseño gráfico de Topea Sha Sha, Zeppola Zap, Toposhiro Toposawa, Soia Topiunchi, Merenguita Gingermouse y Quesita de la Pampa
Asesoramiento sobre el significado de las fábulas y la simbología de las piedras de Annamaria Massa
Agradecimientos a Pietro Soldini
Asesoramiento de Diego Manetti
Colaboración de Topido Topuschi y Marisa Barbi

Título original: *Nel Regno della Fantasia*
Traducción de Manuel Manzano

Destino Infantil & Juvenil
destinojoven@edestino.es
www.destinojoven.com
Destino Infantil & Juvenil es un sello de Editorial Planeta S. A.

Primera edición: noviembre de 2005
ISBN: 84-08-06099-6
Depósito legal: B. 39.572-2005
Fotocomposición: Víctor Igual, S. L.
Impresión: Industria Gráfica Domingo, S. A.
Encuadernación: Encuadernaciones Balmes

Impreso en España - Printed in Spain

Fin